时代出版传媒股份有限公司
安徽文艺出版社

行走在
城市的烟火间

XINGZOU ZAI CHENSHI DE YANHUO JIAN

作者简介：

刘政屏，中国作家协会会员，安徽省档案文化研究委员会主任，安徽省散文随笔学会副会长，合肥市作家协会副主席。

出版有长篇纪实作品《就这样，我们赢了！》（有台湾繁体字版本），散文随笔集《倾听合肥》《享受合肥方言》《就这么简单》《一包书的分量》《撮造山巷上空的月亮》《合肥这座城》《漫步合肥街巷》《合肥风雅往事》《杨振宁"书"话》等。

编著作品集《阅读合肥》《五虎出列》《以书的名义聚会》（4种）、"合肥文字"系列丛书（4种）、《傅雷：我爱一切的才华》《秋毫露滴——庐州刘氏文墨初辑》等。

行走在尘世的烟火间

XINGZOU ZAI
CHENSHI DE YANHUO JIAN

刘政屏 ◎ 著

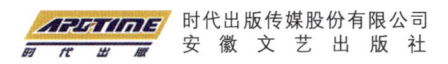

时代出版传媒股份有限公司
安徽文艺出版社

图书在版编目（CIP）数据

行走在尘世的烟火间/刘政屏著. —合肥：安徽文艺出版社，2023.11

ISBN 978-7-5396-7774-3

Ⅰ．①行… Ⅱ．①刘… Ⅲ．①散文集－中国－当代 Ⅳ．①I267

中国国家版本馆CIP数据核字(2023)第094365号

出 版 人：姚 巍
责任编辑：张 磊　　　　　　装帧设计：徐 睿

出版发行　安徽文艺出版社　　　www.awpub.com
地　　址　合肥市翡翠路1118号　邮政编码：230071
营 销 部　(0551)63533889
印　　制　安徽联众印刷有限公司　(0551)65661327

开本：700×1000　1/16　印张：15.5　字数：230千字
版次：2023年11月第1版
印次：2023年11月第1次印刷
定价：58.00元

（如发现印装质量问题，影响阅读，请与出版社联系调换）

版权所有，侵权必究

目 录

前面的话 / 001

· 所谓岁月

高邮、秦观、汪曾祺及其他 / 003

叶永烈的独特和敏感 / 006

如果,那个秋日的凌晨 / 009

所谓预料之外 / 013

母亲的父亲:外爹爹 / 017

德磊表伯 / 020

东西溪札记 / 024

去来安 / 029

· 闲话合肥

历代名人笔下的合肥 / 035

在他乡邂逅合肥名人 / 040

家门口的书店 / 044

从《阅读合肥》到《合肥的小街小巷》/ 047

等了七年的《合肥时尚方言》/ 051

1955 年合肥路名趣谈 / 053

那些消失了的街巷 / 056

在那些无名小巷里穿行 / 059

继续走街串巷 / 062

做应该做的事情,就对了——周日三章 / 065

- **街巷春秋**
  - 我写长江中路 / 073
  - 有关长江中路的几个画面 / 078
  - 四古巷里故事多 / 081
  - 庐江路的气息 / 083
  - 我和桐城路的恩怨 / 086
  - 中隐于市——曙光路 / 090
  - 走马观花宿州路 / 093
  - 行走在尘世的烟火间——绩溪路印象 / 096
  - 走在黄山路上 / 099
  - 徽州大道：故事和风景 / 102
  - 流光溢彩淮河路 / 106
  - 芜湖路上的思绪 / 109
  - 我家住在梅山路 / 112

- **尘世烟火**
  - 2019·登山的痕迹 / 119
  - 我在寿县有间房 / 124
  - 同居 / 126
  - 庚子年散记七则 / 129
  - 等待归来 / 138
  - 没有家的猫 / 141
  - 种桑养蚕 / 145
  - 9月5日的口水诗 / 149
  - 周六日常 / 152
  - 老人福利盒饭风波 / 154

· 信口说来

分寸 / 165

从大脑"短路"开始 / 167

2019 思绪杂感 / 169

随嘴踏 / 179

骑车随感 / 181

特别的日子,随便说几句 / 183

关于 2020 年 / 185

· 有关图书

"4·23"世界读书日随想 / 191

读书与做人 / 193

赵昂的三本"正经书" / 195

用文学的笔调写作 / 198

《忘归集》读后 / 201

傅聪与《傅雷家书》/ 204

父亲帮我改稿 / 207

写作随想 / 209

第二百种《呐喊》之谜 / 211

· **政屏说蔬**

琐事随想 / 215

黄瓜辣椒随想 / 217

辣椒黄瓜的折腾 / 219

总体感觉是和谐的 / 221

夜半散讲 / 223

辣椒黄瓜失落了 / 225

老辣椒说——年少轻狂 / 227

大家都活过来了 / 229

不讨人喜欢的可爱家伙 / 231

除了苦瓜,还是辣椒 / 233

冬瓜、丝瓜和苦瓜 / 235

十五的月亮十六圆 / 238

山芋说:势利的主人 / 241

前面的话

对于我来说，2019年和2020年是比较艰难的两年，也是我写作比较多的两年。

因为家人重病，我将重心转移到家庭，工作之外的应酬和娱乐大多削减掉了。2020年又遭遇疫情困扰，生活的空间进一步缩小。不过，在护理和家务之外，我还会有一些空闲的时光，我把它们用来写作。编辑写作了几年的家族记忆专著《秋毫露滴——庐州刘氏文墨初辑》因此得以完成，随之又进行几次大的补充修改；专题作品《合肥这座城》也是如此。应出版社之约编写的《傅雷：我爱一切的才华》也是在2019年完成并出版的。

2020年，我制订了一个比较"庞大"的写作计划，然后按照这个计划进行写作，先后完成了《合肥时尚方言》《漫步合肥街巷》两本书稿，并开始写作《政屏说书》《图书过眼录》和《合肥风雅往事》，与此同时，还写了近四万字的《庚子年正月记事》。

2021年开始的时候，我按照惯例将2019—2020这两年的作品进行一个整理，发现去除以上几本书的内容之外，还有近一百篇各种题材的文字，于是从中挑选出六十多篇，对它们进行整合、补充和修改，最终形成了五辑五十篇。后来想了一下，基于体例统一和突出合肥元素的考虑，又和2017—2018年的文章合集《都是我们自己的日子》一样，把有关合肥的一些文章收了进来，形成"闲话合肥""街巷春秋"两辑。它们是《合肥这座城》和《漫步合肥街巷》很重要的一部分，读者由此可以了解一下我这两本最新的关于合肥的书。

"所谓岁月"里的文字大多正式一点，有些沧桑的感觉，而且这一类文字并不是太好写；"尘世烟火"里基本上是日常生活的记录，《庚子年散记七则》属于特定时期的作品，其史料性显然要高于文学性，还有一些文字是贴着生活写的，是不是很好，心里还没有底；"信口说来"自然是一些议论性质的文字，但愿它们没有流于泛泛之谈、夸夸其谈，因为抽掉二十多篇"图书过眼录"系列文字，"有关图书"这部分比较薄弱，但还是有几篇可以看看——我的一些见解和观点；最后一部分"政屏说蔬"比较特别，我有一块小园地，种了一些瓜果蔬菜，我时常会写些文字发些图片到微信朋友圈，不想颇受欢迎，有文友因为"政屏说书"为它们起名"政屏说蔬"，嬉笑之余兴致更浓，于是就有了这么十三篇小文字，收入本书时，基本没有修改和补充，算得上是原生态。

我在《写作随想》的开头写道："我们用心尽力去写的东西，基本上都是速朽的，即便是发表出来或者收进书里也是如此。但我们还一直在写，因为我们想写，也有人愿意看，而且总是在想或许哪一天会写出一篇很好的文章来。"这是我真实的想法。

因此，我还会继续写下去。

所谓岁月

高邮、秦观、汪曾祺及其他

  我想很多人都和我一样，是冲着汪曾祺去高邮的。到了高邮以后我才发现，原来高邮不仅有汪曾祺，还有宋代著名诗人秦观（秦少游），这让我原本有些忐忑的心安定了一些。

  我们是2018年11月17日下午从天长乘车去的高邮，到达以后直接去了高邮最重要的名胜古迹文游台。据说这是九百多年前秦观、苏东坡等四人喝酒聊天的地方。台在东山之上，主建筑原为东岳庙，后来又增加了一些纪念设施，包括秦少游读书处。由于已近黄昏，大家匆匆看了一下文游台，便去看汪曾祺纪念馆了，我则和当地文化部门接待人员聊起了秦观。

  东岳庙里有不少苏东坡、黄庭坚、董其昌等文化大家的书法碑刻，但秦观无疑是中心人物。庙前甬道中间处有一尊秦观铜像，铜像底座很高，需要仰视，仔细看了一下，感觉和心中那个多情善感的一代才子比较贴近，以前看到的都是秦观中年时的画像，和想象中的差距太大。

  据介绍，秦观1049年出生，2019年是他九百七十周年诞辰，高邮市要在文游台建一座秦观纪念馆，市里已经批了计划，即将开工。我问，满打满算只有一年的时间，来得及吗？那位接待人员很有信心地说来得及。他问我要不要去看看纪念馆场地，那个侧门过去便是，我说好。于是过去，走的是小道。侧门也小，过去之后却是一块很大的地方，有几排宽大的房子，一看就有年头了。我有些担心：不会把这些房子都拆了吧？他说基本上都保留，只中间那排要拆了建主体建筑。这时暮色更重了，但我心里却有一种舒缓的感觉，为秦观，也为高邮感到欣慰。

在东岳庙顶层，我们还听了导游吟唱秦观著名词句，古韵悠悠，余音袅袅，想着年少时读秦观的词，感动的是字面上的忧愁，如今再回味，个中滋味，似乎更真切些了。

汪曾祺纪念馆在文游台的左侧，一个不小的院落，院子当中一棵树下是汪先生铜像，手持烟斗，甚是悠闲。大家纷纷围着铜像，做着各种姿态，仿佛熟人一般。的确，汪曾祺热持续这些年，大家都在读汪先生的作品，还有不少人在研究和效仿，一行人基本上都是汪迷或者准汪迷，像我这样没入门的基本没有。

其实我也买了不少汪先生的书，但看得不多，自然没有多少感觉，或许是大家都在看在说，便有些疏离，似乎不愿意赶热烘一般。现在看来是错了，或许有人是在赶热烘，但不妨碍你真的在看、真的有些收获。现在想来，没有做好准备就去高邮，实在是有些浪费，因为你没办法和那些街巷、风景、人物，甚至一草一木产生亲切感和共鸣。今天（2020年3月5日）一直在读汪先生散文选集《旧人旧事》，真是很好，也算是补了一课。我一边读着，一边想着在高邮的所见所闻，特别是与汪先生的弟弟妹妹交谈的内容，感觉很多东西一下子连了起来，颇有些亲切感。

《旧人旧事》前面十几篇文章基本上都是汪家旧事，也是汪先生成长记录。汪先生的曾祖父是举人，祖父是拔贡、名医、成功的商人，父亲是多才多艺超级聪明的人，按照现在的话讲，生长在这样的家庭里，汪先生想不成功都难。

据接待人员介绍，汪曾祺纪念馆也即将完成前期准备工作，2019年开工，2020年3月汪先生一百周年诞辰时落成。第二天在汪先生妹妹家闲聊时，听说汪家老宅遗址马上就要拆迁了。当时还有些担心：复建的汪家老宅会有几分当年的模样？但又听说汪家的有心人凭记忆画了一些图，觉得这件事有些谱了。今天再看汪先生《我的家》《花园》等文章，感觉汪先生的文字真是太有史料价值了，有了这些文字,汪家老宅复建就不会太走样。后来又听说基本上没有复建部分。不论怎样,我对这座纪念馆有一种期待,甚至想着开馆的时候能再去高邮看看。不承想,一场疫情让一些建设工程瞬间停顿了下来,汪先生的纪念馆或许和秦观纪念馆一样,也是如期建成,但开馆显然是要延期了。

那天在文游台听那位陪同人员专业而又理性的话语,看他兴致勃勃的样子,想着高邮对待秦观、汪曾祺等本土名人的种种计划和行动,心中不免有些感慨,现在再想,这样的感慨非但没有减少,似乎还更多了几分,同时还有一份紧迫感。

位于合肥老城中心地带的杨振宁先生旧居,在被彻底拆除三十多年后,复建的想法渐渐浮出水面,前年甚至都开始了前期的论证工作,但最终似乎还是不了了之。

杨先生是世界级的大科学家,今年九十八岁了,2022年10月1日是杨先生百年诞辰,如果我们能够像高邮人那样,抓紧时间,立刻行动,两年多的时间应该是来得及的。旧居一时恢复不起来,杨振宁生平事迹展览馆总该有一个吧,而它的最佳位置,依然应该在四古巷附近。

我们不说高端层面的意义,即便从比较实际的旅游资源的角度来看这个问题,我们也应该有所作为。这样的事情,自然是越早做越好,四古巷的老街坊还在,有些事情因此会简单很多。

读汪先生散文《我的父亲》,有一句话印象很深:"照我看,我父亲的画是有功力的,但是'见'得少,没有行万里路,多识大家真迹,受了限制。"1939年,十九岁的汪曾祺走出家门,走出高邮,走到更广阔的地方,得到更多的滋养和历练,最终长成一棵大树,成为一代名家。如今,高邮又将这棵大树移回去,让他挺立在故乡的土地上,成为城市的一道独特的风景。

秦观有词云:"雾失楼台,月迷津渡。桃源望断无寻处。"格调悲苦消沉。我想,彼年此时,该有很大的不同吧?

2020.3

叶永烈的独特和敏感

最早知道叶永烈先生，是因为他写了大量的科普科幻文章，出版了不少这方面的书，尤其是作为《十万个为什么?》的主要撰写者，参加其第一版至第六版的写作，前后长达半个世纪，很不容易。

但当我1998年9月26日见到叶永烈先生时，他已经变身为一位著名的纪实文学作家。当时位于三孝口的科教书店完成装修改造，重新开业，请了多位著名作家来签售作品。

叶先生很低调谦和，他很认真地为读者签名，文雅端庄的叶夫人则很仔细地为签过名的书盖上叶先生的印章。那天我买了三本书：《名流侧影》《毛泽东之初》《江青传》，同时还将家里原本有的几本书带去请他签名。这其中，有他的科普作品系列"叶永烈专列"一套五本：《中国科学明星》《电脑趣话》《化学趣史》《收藏热》《白衣侦探》。当叶先生听说我儿子很喜欢这套书，不但在一本书里写上了我儿子的名字，还在这几本书里题写了四种不同的题词："读书 爱书 藏书""拼搏 追求 成功""勤思 进取 求新""机智 勇敢 果断"，同时在每本书上写上自己的名字和日期。

这几本书里另外还有《沉重的1957》《傅雷一家》。在《傅雷一家》扉页签完名后，他特地翻到下一页，在傅雷与夫人朱梅馥的1937年合影下面写了"伉俪情深"四个字，然后签上名字和日期。

我不记得是不是让妻子带着儿子一起去了签售现场,因为今天翻出这几本签名书时,发现叶先生在我新买的三本书上都签上了我们两个人的名字,并写上"贤伉俪　存念",而且还特地让他夫人杨蕙芬在《名流侧影》这本书上签了名。妻子说她记得当天她带着儿子去了书店,叶先生签名的时候主动说要写上我们两个人的名字,同时在签第三本书时一边笑着说我们两口子为你们两口子签名,一边把笔递给了他夫人。回想起当时的场景,妻子依然感觉亲切温暖。

当天晚上我陪叶先生去省广播电台做访谈节目,他给我的印象是:温文尔雅,精力充沛,谈锋甚健。

这之后,我陆续配齐了"四人帮全传",但并没有全部看完它们。在我的心中,总有一种情绪,感觉不能够理解叶先生:为什么会去写这些既不好写又有些敏感的政治历史类作品?又是如何查阅资料,采访相关当事人,最终写完全书,得以出版?在我看来,这样的事情简直有些匪夷所思。

时间很快,转眼十二年过去了,2010 年 6 月,我和叶先生又见面了,虽然说那次见面的具体细节记不起来了,也没有找到相关资料,但有一个场景我是记得的,那就是我们再见面时,我提起十二年前那场签售,叶先生和夫人都很惊讶和开心。

那次从合肥回去后,叶先生写了一篇《合肥新颜》发表在《新民晚报》上,他在文章里写道:在今日中国,可谓"市"别三日,当刮目相看。中国是"发展中国家",天天都在发展。上海市的地图几个月就得修订一次。2010 年 6 月去合肥,那里面目一新,令我"刮目相看"。我曾经多次去过合肥。一提起合肥,脑海中就闪现一幕幕合肥印象:人头攒动的商业街长江路,黑漆大门的包公祠,市中心的逍遥去处——逍遥津公园,鸟语花香的"老字号"名牌宾馆稻香楼……然而,步入新世纪,合肥大变样。——随后他详细描述了合肥的发展和变化,欣喜之情,溢于言表。正如他自己所说的那样,他对安徽和合肥是有感情的。

第三次见到叶先生,是 2016 年 9 月的"中国黄山书会",那一次我既要参加接待,又要主持活动,自己还有两场活动,显得有些手忙脚乱。叶先生那次活动的主题是"历史中的陈伯达",签售的是他的新书,七十多万字的《陈伯达传》。对话嘉宾是我请的:和叶先生颇有些交集的青年才俊章玉政,那也是他们第一次见面。

活动前一天晚上,有一个大型晚餐会,我和叶先生及其夫人再一次见面时,已经不需要再自我介绍了。我们交谈了一会儿后,又按照十八年前的站位合了影。

去年我因为要写一本解读《傅雷家书》的书稿,买了一些书,其中就有叶永烈先生的《傅雷与傅聪》《文化巨匠傅雷》,它们和以前买的《傅雷一家》,对我的写作很有帮助,《傅雷之死》《傅雷23位亲友谈傅雷一家》《冒死藏匿傅雷夫妇骨灰的姑娘》《女钢琴家之死》等,都很有价值,也很感人。

现在看来,叶先生那些及时采访和记录的第一手资料,弥足珍贵。它们不仅仅是一种记录,也是一种挖掘和抢救,因为随着时间的推移,许多的人和事都会被湮没于历史的烟尘之下。

从某种意义上来说,叶永烈先生作品的价值,不仅仅在于其数量皇皇几十卷,更在于它的独特和敏感。叶先生对中国文化和历史的贡献,也正是在于此。

叶先生在一篇《自序》里写道:"'凡是忘掉过去的人注定要重蹈覆辙',我想,这句格言值得我们永远记取。"

叶先生做的,正是为了让我们不忘掉过去。

2020.5

如果，那个秋日的凌晨

一

11月24日，不记得我因为一件什么事情，翻阅着微信通讯录，忽然愣了一下，我注视着他的名字，有一种异样的感觉：似乎很久没看到他更新朋友圈了。

我赶紧点开他的朋友圈，发现他最后一条朋友圈是在9月12日夜里12点过后发的，一个文档，题目是《别了，我曾深爱着的世界……》。我似乎是见过这个文档的，但当时仅仅是扫了一眼，今天再看，发现下面还有一句话："这是DZ给人类留下的最后文字！"我感觉脑子一蒙，下意识说了句："呀！不会吧？"

我打开文档，迅速看了一遍，居然是他的一封遗书。我赶紧上网查询他的最新信息，没有。按说像他这样的名人，如果出事了，应该有很多消息的。再查，发现了一篇文字，分析他，一个作家一个心理咨询师，为什么会选择结束自己的生命。

我还是不相信，从微信里找到一位东北的微友，一气问了三个问题："你可知道DZ老师近况？""刚才无意中看了他的朋友圈。""不是真的吧？"她回答："9月13日凌晨3点左右。"

在随后的聊天里，我了解到，他走得很安详，他的女儿很懂事，不想声张。我想这或许是他的意思,因为他专门给女儿写了一封信。

你们知道我第一感受是什么吗?是后悔。如果那天晚上我不是那么早睡下,而像平时一样夜半才休息的话,没准我会在第一时间看到他发的朋友圈,然后我一定会在第一时间和他联系……

你们知道吗?虽然我从来都是称呼他 DZ 老师,但那一刻,我想称呼他"兄弟",同时我写了一首长短句《兄弟,你不该走!》,在这首长短句里我写道:

如果,我知道你极致的郁闷
绝望,不会再彷徨
如果,我知道你会发出准确
信息,坚定而忧伤
如果,我知道你正实施你的
计划,决绝而凄凉
如果,我知道过了这个初秋
夜晚,你不再回望
我会用我的文字,我的声音
拉住你——兄弟,不要走!

二

我和他第一次见面应该是 2010 年 5 月,他应安徽教育出版社邀请来合肥做活动,在招待他的晚宴上,朱智润社长介绍说我写过一本《就这样,我们赢了!》,很感人,他听说后立刻向我要书。第二天我把书送给了他,没承想他拿到书后,利用每天活动之余的时间,以及返程的飞机上读完了全书,并当即给我发短信,说他很激动,有时甚至会泪流不止。同时他对我说,他要为我的书写一篇文章。这篇文章就是《父亲的臂膀》。记得当时他写好之后发表在博客上,有不少人评论和转发。

在我看来,他作为一位在全国颇具影响力的作家,初次见面就能够如此的真性情,实在是让我感动不已。

后来他应另一家出版社的邀请,又来合肥。那时候我已经在安徽图书城上班,再次见面彼此都很高兴。大约在之后一两天(好像是周日)的某个早晨,突然接到出版社朋友的电话,说DZ老师因为活动过程中一个细节失误很不高兴,想约我去位于大蜀山的一家酒店一起坐坐,缓解一下。我放下电话即打车去。到达包厢时,他正在气头上,声音很高地说着话,出版社接待的朋友在一旁赔着不是。我赶紧劝说圆场,情急之中脱口而出:"都怪我,如果我一直陪着或许就没有这事了。"他笑了,说怎么能怪你呢,紧张的气氛由此一下子得到缓解。

后来我们一同出去的路上,他和我说了不少话,他说他知道是他自己的性格问题,但有时控制不住,为此他也颇为苦恼。或许就是因为那次交谈,我们的关系又近了一步。第二天我特地到百货大楼为他买了两件全棉的格子衬衫,送到他正在做活动的学校,笑着对他说,我看你总是穿着单色衬衣,可以尝试穿穿格子的。

这之后,我们时常联系,他有新书出版,会第一时间通知我,图书城也会第一时间采购上架。

三年前的10月底,他走百城之旅到达合肥前和我联系,我插空为他安排了一场家庭教育主题沙龙。那几天我正在外地采风,但为了这场沙龙,我特地提前赶回合肥。

那场活动很成功,也让我再次见识了他的学识和口才,真是很过瘾。活动过程中,我在想,如果他能够放松一些、妥协一点,或许会有更多的机会,也能够更多地展示他的才华。

晚上吃饭时,他有些不好意思地,又是一脸幸福地告诉我,他处了一个很年轻的女友,女儿也很支持他。我除了祝福还是祝福,因为我知道他这些年过得比较辛苦。

　　后来，尽管他一直都是兴致勃勃地做这做那，但是似乎一切都不是很顺利。我们依然时常联系，我尽力完成他所托之事，还买过几本他的第一部长篇小说《六子》。

三

　　他是选择在父母走了，妻子离了，孩子大了，他感觉"时机日渐成熟"时离开这个世界的，他也知道有很多人关心他爱他，但他还是毅然决然地选择离开。

　　他说："对于一个跌倒都要讲究姿势的人来说，我一直认为我最佳的离去方式是倒在讲台或书桌旁，可这样的'理想'实在是难以实现。于是，我选择了今天这样有尊严地离去。"

　　他什么都想到了，甚至连葬礼上播放什么音乐都写得很清楚，但是我感觉他唯独没有想到，他的离开，对于我们这些关心他爱他的人来说，是一个怎样的伤害。

　　那位东北的微友在聊天时说，两个多月后"重提，心如刀绞"。

　　是的，DZ兄弟，你在那个秋日的凌晨选择消逝的时候，如果换一种思维和角度，想想这个世界上还有那么多的人在关心你爱着你，还有那么多人需要你，你或许就不会这样做。如果你能够敞开心扉、尽情倾诉、尽情释放一番，你或许就不会这样做。

　　还有很多话，现在说了也没有意义；还有很多话，我们会以另一种方式告诉你，告诉别的人。

　　你说你并未走远，你说你还在我们身边，而我要说的是：DZ兄弟，如果，那个秋日的凌晨，你想过来了，该多好。

2020.11—2021.1

所谓预料之外

一

世上的事，有时真的会大大出乎人们的预料，比如我们兄弟从来没有想到过会有这么一天，我们会和曾祖父曾祖母以及各位爹爹奶奶的距离如此之近。当我们捧着他们骨灰盒的时候，我在心里轻轻地说：各位先人，新年的第一天，让你们受到了惊扰，我们心里很不安。多少年来，除了二十三年前那场平坟运动，你们一直静静地躺在故乡的土地里，但是今天却不得不让你们搬一次家，到另外一个地方。不过我相信各位先人应该会理解，你们的安息之地，我们的故乡，现在已经是这个裂变中的大城市城区的一部分，而这里即将成为高铁的养护场。国家的强大，城市的发展，必定会有一些付出和牺牲，而且通常是别无选择的。

曾祖父1958年去世，曾祖母1932年去世，由于制作精良，他们的棺木至今完好如新。当棺盖打开的时候，我的心狠狠地揪了一下，感慨不已：曾祖父，一位从学徒做起，最终成为一方名流，省议会议员的男人；一位拒绝与贿选者同流合污，甚至拒绝继续做官，急流勇退的男人；一位希望悠然隐居，却又不得不面对各种恶势力，进而率众反击抗争，扬名他乡的男人；一位被好朋友同时也是亲家的合肥大儒张子开赞誉"君尤跌宕有风采"的男人,已经离开这个世界六十二年了,而让暮年的他揪心不已的后代,已经摆脱了厄运的阴影,过上了正常的生活。今天,他的长重孙媳妇带着她的儿子孙子,他的二重孙媳妇带着她的儿子,长房的重孙女儿夫妇,三房的三个重孙子——我和我的二哥三哥,都来了,他和其他先人们应该感到欣慰的。

其实,最近几年尤其是刚刚过去的 2019 年,我因为整理和撰写家族记忆文集,慢慢地走近曾祖父,老人家的形象渐渐变得清晰起来。当我终于为他老人家写了四千多字文章后,我确信:曾祖父和他的大哥刘访渠一样,是我们家族的传奇人物,而他留给我们的,不仅仅是那些瞬间被化为乌有的财富,还有一种品质:踏实,本分,向好向善。

故乡那块地方,村民的房子已经被征收拆除了,土地也荒了,据说昨天气温低,又有风,待久了很不好受,今天气温明显上升,而且没有一丝的风,心里想着,或许是先人们在护佑我们。天越来越明朗,至中午时,居然有了太阳,始终有些压抑的心因此松快一些:那阳光是先人们的微笑吧,所有环节顺畅完成,他们该是放心了。

其实人生就是这样,必须面对一些变故和改动、责任和担当,尽管这会让我们有一些付出和辛劳,但是内心会因此感觉安宁和坦然。

是的,坦然。

二

我现在越来越相信一句鸡汤——一切都是最好的安排。不过我感觉"一切自有安排"似乎更好一些。

如果我元旦不去老家为曾祖父曾祖母及各位爹爹奶奶迁坟,我就不可能遇见大爹爹的孙子、重孙和玄孙;

如果没有遇到这些既熟悉又陌生的亲戚,我就不可能和大房的大嫂、二嫂和堂姐们聊起家族往事;

如果不是聊着聊着就聊到我正准备出一本家族记忆的书，而最缺少的就是家族老照片，我就不会知道堂姐居然看见过曾祖母的大照片，而在大嫂家还有一张几位爹爹的老照片。

现在这张照片被大嫂的孙子翻拍后用微信发给我，上面居然不是我之前颇为遗憾的只有三个人，而是包括我爷爷在内的兄弟四人。不过收到照片时，我并不能确定他们是谁，询问后知道了还是有些犹疑：真的吗？他们居然都是那样的干净儒雅，全然没有我想象中那般憔悴苍老。根据我的判断，这张照片应该拍摄于1940年前后，那时候，大爹爹将近五十岁，四爹爹则只有三十多点。至于我的祖父，则正是最好的年华、最佳的状态。

由于照片有些卷曲，又不是专业翻拍，旁边两位爹爹的面部有些走形，但这并不妨碍我们的观感：不是那种特别富豪人家的模样，谨慎内敛，浓厚的书卷气。看不出他们会有多大的坎坷和磨难，也不会想到他们会在历史的颠簸中，早早地离开了这个世界。

一个人的命运，还真不是仅仅看你人品如何，做得怎样，还要看操纵者那双手怎么摆弄，不走运遇上坎了，你就是再有本领和性格，又能奈何，更何况这一位位纯良之人。

三

经过几十年乃至上百年的沧桑，家族照片所剩寥寥，曾祖父有一张，祖父有一张，祖母有三张，其他就没有了，这次找到的祖父兄弟四人的照片，可谓弥足珍贵。

但是我一直心心念念想要找到的大曾祖刘访渠的照片或者画像，还是没有下落。之所以这样，与他去世太早有很大关系，自然还有其他原因。但是刘访渠声名很大，游历甚广，和清末民初国内许多一流文人有过交往，一定会有很多照片留存，只是这些照片不知道在什么地方。我还有一个担忧，就是因为我并没有见过他的照片,也没有特别具体的形象描述的文字留下来,即便是我看到了他的照片(很有可能是与别人的合影),也不一定能认出来,从而错过。

世间的事,就是这样,太多的错过留下太多的遗憾。但我不想再有这样的遗憾,这就是为什么要将那么多有关家族的文字和图片,一篇篇一件件地搜集到一起,然后出一本书的原因。我要让我的祖先们在这个世界上留下一点痕迹,总体说来,他们的一生都很不容易,经历了不少艰辛坎坷,但都有过努力乃至抗争。悲剧的命运有个人的因素,更是时代使然,每当想到这些,我的心里都不能平静。我也想让我们家族的后代们知道他们是从哪里来,我们的家族有过怎样的历史,有过什么值得我们记住和纪念的人和事,有过什么值得汲取和反思的经验和教训。我想,当他们了解了这些以后,会更加清楚他们的人生道路该怎么走,他们的日子该怎样过。

任何物质形式的东西,说到底,应该都是精神的,否则又有什么意义呢?

2020. 1

母亲的父亲：外爹爹

外公这个称呼在老合肥是没有的，大家都称呼母亲的父亲为外爹爹，其中"外"读类似"为"字音。

我没有见过外爹爹，他在我出生前十几年就去世了，但我见过他的照片，清瘦，儒雅，有些不苟言笑的感觉。后来这张小照片也不知所终，真是很可惜很遗憾。我想，如果我是一个画家，我会画出我见过的外爹爹的形象，因为他一直在我的心中，清晰、深刻。

通过母亲的回忆，我大概知道外爹爹的一些生平。他1902年出生于合肥西乡高刘集，家里应该是富裕的，据说当时高刘集上半条街都是刘家的，有各种店面和作坊，生意很是兴隆。外爹爹天资聪颖，读了师范，后来做了老师。抗日战争爆发后，外爹爹去了西南，并在万县做过难民所所长。至于他为什么独自去了外地，母亲也不太清楚。据我猜测，外爹爹没准和当时许多热血青年一样，奔赴大后方，想着为抗战出一份力量，但是并没有如愿，或者是遭遇了什么，灰了心，流落江湖。

在母亲的记忆里，外爹爹不在家的日子里，他们兄妹的日子过得挺清苦的。儒弱的外奶奶带着几个孩子，在大家庭里烧锅做饭，受了不少闲气。母亲时常会因此去和她的伯父论理。母亲个性强，在家族里是出了名的，遇到她认为不对的事情，就会站出来，据理力争。因此，即便是家族长辈，也会怵她三分。

大外爹爹一辈子经商,家业颇大,人也圆通,对于各路大神都舍得花钱,但对家人却很抠门。后来他没有受到多少冲击,晚年时身体不好,卧床不起。我曾跟着一个长辈去他位于三孝口的家,他躺在灰暗的房间里,方长的脸,苍白而疲弱,听了介绍后,看了我一眼,嗓子里嗯了一声,没说出话来。

外爹爹正相反,一心教书,对于财富不那么上心。后来他离开万县,风餐露宿,一路颠簸回到家里,稍事休整,并安排好孩子们读书的事之后,便继续教书,似乎还做了校长。然后他去了那时候合肥县政府所在地鸽子笼,在教育局里做事。国家危难岁月,正是需要人才的时候,外爹爹站了出来,这也符合他的个性。抗战胜利后,外爹爹随着县政府到了合肥城。刚到时,一家人租房子住。后来他做了教育局长,靠着一帮人资助,在后大街(今安庆路)中段买了一个不大的宅子。

据母亲说,外爹爹做局长那几年,家里的日子很好,兄妹几个都受到很好的教育。外爹爹交往的朋友多,应酬也多,对于各色的人都能妥善应付,而她就不行,对于看不惯的人,躲得远远的。很多年间,在合肥教育界,外爹爹有着不小的影响和很好的口碑,一些老教师很多年后见到我母亲时还会说起他。

我大伯母当时已经毕业当了老师,她和我大伯父1947年结婚时,举办的是西式婚礼,我外爹爹是主婚人,二舅则是花童,这也算得是一段佳话。在母亲的记忆里,身穿白色长袍,头戴白色礼帽,手持文明棍的外爹爹很是潇洒。不知道为我大伯父大伯母主婚那天,他是不是这样的穿着。

后来外爹爹辞了教育局长的职务,重新去做校长,至于他为什么会这么做,我想无非是对现状的失望,或者是对前景的迷茫。毕竟骨子里还是文人,太过复杂多变的局面,太多功利算计的人,对他来说,都是一种负担。进与退,永远是文人面前的一道难题,刹那间的脆弱和厌倦,都会让他们放弃、退隐。其实人生在世,哪有什么地方可退,无非是不断地用隐忍和放弃换得一时安宁,最终还是免不了被逼得无处可逃。

外爹爹1949年后便没有做什么事情了,但他支持大学毕业的长子入伍,也没有阻止不到十七岁的长女(我母亲)出门参加工作。

我父亲当时在市政府工作,过年时代表政府看望军属,去过外爹爹家。据父亲说,外爹爹不多言语,彬彬有礼的样子。想想挺有意思,当时估计两个人谁也没有想到,他们竟然会有翁婿的缘分。

尽管长子在部队,长女也在政府部门工作,但外爹爹还是面临着不小的压力。后来又因为邻里小人构陷,遭受囹圄之灾,虽然没多长时间便被放了出来,但他显然遭受了很大刺激,人也变得更加沉默寡言。不久,1951年夏天,他突发脑溢血去世,终年四十九岁。三年后,外奶奶在愁苦之中撒手而去,终年五十一岁。

我曾经保存过一幅彩色菊花条幅,是母亲从一个破旧的画卷上剪下来的,上面有各种颜色的菊花,煞是清新靓丽,上款里有外爹爹的名字,显然是别人送给他的。十几年前父亲把它给了一位擅长装裱、酷爱字画的表弟,后来表弟英年早逝,这幅条幅也不知道流到哪里去了。

除此之外,与外爹爹有关的东西只有一张大舅在部队上荣立三等功时的喜报了。大舅是部队上的文职人员,立功的原因也是在文化教育方面表现突出。孩子能够在工作上做出成绩,得到肯定,对于外爹爹来说,应该是一种安慰。

二十多年前,见到曾经与外爹爹共事的金阿姨,她很惊奇地说我长得太像我外爹爹了。这让我有一种很特别的感觉。外爹爹大我一个甲子,所以我们一个属相,这也算是一个巧合。

我时常会在心里想外爹爹一生的遭遇,想着他的坚持和努力、惶恐和无奈,想着他英年早逝,离开这个世界的那一刻,应该有很多的牵挂和不舍。如果他知道他的孩子们经过磨难和挣扎,都顽强地活了下来,并且大多继承了他的事业,做了老师,孙子孙女中也有不少做教师的,他应该会感到欣慰。

外爹爹名刘云山,又名刘时武,据母亲说其中有故事,具体她也不是很清楚。

人世间很多东西就像一张彩色照片,经过岁月风霜,慢慢变得苍白、模糊……

2020.5—2020.12

德磊表伯

2020年12月初,我特地去贵阳看望九十二岁高龄的德磊表伯。

我祖母兄弟姐妹十多个,长兄姚立晋生于1881年。他先后有三位夫人,十几个孩子,德磊表伯是他第四个儿子。大舅爹爹姚立晋家儿女在一起排序,生下来后早夭的也都排列其中,因此我们一直称呼德磊表伯为"十表伯"。

20世纪70年代中后期,祖母去世后,我们和姚家的来往便日渐稀少。早些年,父亲有时会去看望他那些在合肥的表哥表姐,这些表哥表姐去世后,两个家族基本上就没有什么来往了。

3月时,因为一篇文章,我和姚家亲戚重又联系上了,联系我的那个年轻人是姚立晋的长重孙,我去贵阳就是和他一起的。

尽管中秋节时,我们已经在视频里见过面,但真到了见面的那一刻,都还是很激动,德磊表伯一把拉着我的手,几乎是再也没有松开。

特殊时期,天气也不好,但还是决定过去,原因很简单,合肥东乡姚家,姚天霖、姚春魁、姚岳宗在世的直系后人中,十表伯是最年长的,也是最为重要的一位有心的记录者。

我们在接站的志红表妹夫妇的陪同下,到旅馆办好入住手续后,直接去了饭店。表伯老两口和四个孩子及他们的子女乃至孙子辈都早已聚集在那里。推开门的那一刻,一股暖流扑面而来,尽管都是一些陌生的脸庞,但他们无一例外地面带微笑,亲切而温暖。

老人家显然是太激动了,光顾着和我们俩说话,需要家人不停地劝说和夹菜,但显然老人家的心思一点都不在吃上,简单吃了几口后便表示他吃好了,逗得一大家子一阵哄笑。

第二天上午去表伯家,继续聊过去的事情,合肥人把这个叫"讨古"。老人家说起他父亲、祖父和曾祖父的往事,很多事情,在他只不过是随口一说,而在我们这儿,就是难得的史料和佐证,尤其是一些关键细节,太难得、太有价值了。

最让我们欣喜不已的,是老人家不但保留了不少老照片,而且还将一些重要的照片整理出来,加上简明扼要的文字说明,简直就是一本图文并茂的家族历史。

听了老人家的回忆和讲述,回过头再看他那本让我印象深刻的回忆录《我经历的故事》,自然又多了一层感受和理解。

《我经历的故事》是一本自印书,不厚,一百五十多页,准确地说它只能算是半本回忆录,从1928年出生到1959年三十一岁时,尽管表伯在文字的最后注明"未完",但始终没有续集出现。是表伯不愿意写下去,还是不方便写下去,或者因为年事已高不能够写下去?我想还应该是第二种,表伯对此也是微笑地默认。我感觉我能够理解,毕竟大家还在一起,而且都有了第二代第三代甚至第四代,生活也还在继续,不写下去或者写好后不发出来,是一种比较稳妥的选择。

即便如此,这本书依然有着其独特的价值和意义。对于我来说,表伯在书里面有关其家族和老合肥城的方方面面、对于那个时代的风云变幻世间百态的记录和描写,尤其是如此。

表伯比较详细地记录了他的家族的历史和状况,比如他对于他们家1936年之前住的北门大街老宅的细致入微的描写:五进,每进三大间,每一间房子如何布局摆设,如何使用。在我看来,这些细节描述已然超乎家庭范畴,具有其独特的史料价值。

他对于20世纪30年代合肥城的描写,也让我们对那个年代的老城区有一些直观的了解:"(合肥)只有鼓楼一带至东门大街是商业区,其余的街道基本上没有什么商店,间或有几户杂货铺、理发店、烧饼油条店,城内只有若干手工业作坊,没有大的工业,没有发电厂,也没有电灯。一到晚上,商店的店堂里挂着煤油灯,戏院里点的是煤油汽灯,照样卖票唱戏。夜间行人有的打着灯笼,有的提着煤油马灯,很少有人用得起手电筒。"

尤其让我印象深刻的是抗日战争时期,他们家庭的遭遇,一家人四下散去,有的四处奔波为抗战出力,有的在艰苦的条件下艰难求学,更多的则是过着颠沛流离的生活,不时会有日军的飞机低空扫射和轰炸,1938年端阳节后,在金寨县的流波䃥镇,姚岳宗续弦夫人被敌机扫射受伤,因为得不到及时有效的救治,含恨死去。

表伯不但记录了他和他的兄弟姐妹们在整个抗战时期的所见所闻和亲身经历,还有对流离失所的逃难人的凄惶,兵荒马乱之下贫苦老百姓的困境的描写,显示出其独特的写作特点和人文情怀。

许多熟悉的地方,许多熟悉的人物,虽然有的只是三言两语,有的就是一笔带过,但文字的背后,是一些难得的记录。有心人可以通过与其他史料比对研究,得到一些比较全面准确的史实。

由此想到,老人们晚年的回忆录,如果能够不仅仅局限于一己的生活和情感,尽量客观公正一些,都会有其独特的阅读价值和史料价值,都是对于某一个(或者多个)地方和行业历史记录难能可贵的补充和贡献。

可以说,从抗战开始到1949年,表伯一直处于一种漂泊不定、茫然无措的状态,这样的生活让他遭了很多罪,也让他得到历练和成长,找到自己的人生目标和道路,并因此有过一段相对平静安稳的时光。尽管随后波澜又起,尽管他总也摆脱不了一些魔咒,但因为有那么些年的磨炼,他最终顽强地活了下来,有一个舒适和美的晚年。

德磊表伯在他简短的序里说:"我写《我经历的故事》,只是为了让人们了解我经历的那个社会状况和历史背景。或许能为那个时代留下一点缩影。历史的苦难和时代的磨难,构成了我人生坎坷的道路,我品尝到了人生的酸甜苦辣,也感受到了人间的温暖与炎凉,我终于走过来了,我的人生道路就是如此。"

"我终于走过来了",看似简单的一句话背后,是德磊表伯,一位九旬老者一辈子的沧桑,也是他最终的自豪与辉煌。

2020.6

东西溪札记

故地老者

我们是中午到达霍山东西溪乡作家村的,虽然是 8 月下旬了,但天气依然燥热。打开房门,简单收拾一下,便找一处安静的地方喝茶。

远远地看见一些人走了过来,看阵势,有点故地重游的样子,不禁好奇地上前询问。领头老者果然是当年淮海机械厂的职工,他们一家七口是过来吃喜酒的,结束后没有立即回合肥,特地到这边来转转看看。

老人家有些激动,指着四周的老建筑说,这儿是原来的九车间,五车间在太阳冲上,那边还有一个热处理车间,至于现在的游客接待中心,原来是后期的汽车的组装车间。他转身指着对面的山洞说,那里原来是加油站,旁边那房子不是原来的样子。房子后面还有一个更大的人工山洞,能跑汽车,原来是准备做车间的,由于通风问题没能解决好,就做了仓库。

老人家身体不是太好,步履有些不稳,但他太激动了,一个人到处跑,一个朋友赶紧跟着。老人家一边走一边说着当年的工作和生活,露天电影,单身宿舍,上下班时的熙熙攘攘、热热闹闹的人流,看他那神态,仿佛就是昨天发生的事情。当他走到溪边那棵造型独特的大树跟前时,一下子站住了,连声说:"这可是地标性植物啊,那时候的军用地图上,会标明兵工厂的每一座建筑,唯一标注的树木就是它。"其实这棵老树今天依然是一个标志性的植物,而且还有了一个名字:守望树。

老人家是霍山当地人,从部队转业后又进了兵工厂,1987年随工厂整体搬迁到合肥。一转眼三十二年过去了,当年四十出头的壮汉子,如今已经垂垂老矣。重回故地,老人家说不出是激动还是失落,而对于当年的回忆的过程,其实就是一种回望,那活力四射的青春,那一个个辛苦而充实的日子,都丢在了这里,老屋,溪流,还有远山,这些年来,一直未曾离开过,一直在他的心里。

我们每一个人的人生,其实也都是这样,一天天地失去了,一天天地积攒起来,在记忆里,在内心的某个地方……

几种植物

每次去东西溪都要到住处附近的山上转一圈,走的是作家村配套工程,名曰:文学小道。小道原为沙土石子路,虽然道两旁因为开路造成山体裸露,但走起路来着实要方便得多。后来又成了水泥路,感觉过于正式,少了些味道,倒是方便了小车,呼啸而来呼啸而过,便多了一份警觉。

不过路两旁的植被恢复了不少,一路走过去,可以见到不少品类。原先除了竹子、茶树、板栗树之外,基本上认识不了几种,尤其是那些小花小草,很少认真去看,看了也没有感觉,不认识,它是它,我是我,各不相干。

后来留心跟在那些植物高人、达人后面认识了一些,再走已经变成大路的文学小道,就多了些流连,看看这再看看那,好似和熟人打招呼一般。

此次和那位一道,见路边一片矮棵生物,同行的朋友各有说头,那位很自信地说是毛豆,弯下身细看,果然不假,只是豆荚尚未长好,显得有些干瘪。又见大片叶子挤挤挨挨地在一起,颜色深绿中透着暗红,我心中窃喜:这可难不住我,山芋秧子。那位说,若是在家里,就要掐一些头子回去清炒一盘,竟惹得人有了立刻吃几口的念头。

再往前走,是一片偏嫩绿的植物。那精致的叶子及叶子底下袖珍的豆荚,看上去很是文弱。不禁有些好奇,那位说好像是芝麻,摘了个豆荚打开闻闻:"嗯,香,好像就是。"我心里嘀咕,芝麻哪有这般风致?用手机软件查了,居然叫合萌,别名田皂角、水松柏、水槐子、水通草,中药名:梗通草,全草入药,能利尿解毒。再看外形描述:"茎直立,叶对生,总状花序,腋生,花萼膜质,花冠淡黄色,子房扁平,线形。种子黑棕色,肾形,花果期7—10月。"没错,就是它了。

正为自己的发现得意着,那位在一旁急着让我过去看一种小红果子,旁边还有一种小白花,两样配在一起,煞是清雅。那位琢磨了一会儿,说好像是花椒,我说是的,好像就是,于是很愉快地继续往前走。写这段文字时,感觉还是应该确定一下,以免闹出笑话,于是查了一下。居然真的错了:根本不是什么花椒,它的真名叫"接骨草"。

顾名思义,接骨草是药用植物,可治跌打损伤,有祛风湿、通经活血、解毒消炎之功效。它"属高大草本或半灌木,高可达两米;小叶片互生或对生,狭卵形,先端长渐尖,基部钝圆,两侧不等,边缘具细锯齿,无托叶,复伞形花序顶生,大而疏散,总花梗基部托以叶状总苞片,纤细,可孕性花小;萼筒杯状,萼齿三角形;花冠白色,花药黄色或紫色;果实红色,近圆形"。

其实我对这么一大段严谨准确的文字不那么感兴趣,我只想知道,如何用它来接断了的骨头,而在久远的过去,我们的先人又是如何发现它这一了不起的功效的。

认识几种植物,多了几个朋友,走得次数越多,朋友就会越多,而且它们总是在那里,不像我们过往的人生,走着走着,许多朋友就找不到了。

半山人家

第二天早晨又上山,路边不时有板栗树,果实累累。远处更多,但很少有人去摘,不知道是时候没到,还是没有人愿意去摘。想起来上回去时一位老人说的话,板栗生长受自然因素影响很大,狂风暴雨等自然灾害都会导致板栗减产,加之山上采摘难度大,还有遭受蛇和马蜂袭击的风险,因此大家都不是很愿意去采摘板栗。

这么想着,路程已经过半,抬起头,又看见远处山上那处白色的屋子。一位女士说:"我们上去好吗?昨天就想上去的。"另一位女士也附和道:"好啊好啊,上去看看。"我上去过,虽然没有到达白屋,对于路径是了解的,有些难度,但两位女士可以上得去。

刚到达上去的岔路口,就发现新情况,原来的路显然被大水冲击过,路面变得高低不平,并且布满大大小小的石块,这无疑加大了上山的难度。既然决定了,也就不犹豫了,大家埋头往前走,不一会儿就有些气喘吁吁。我有些耐不住这样的速度,便会在转弯或者陡坡时一路小跑,然后再停下来,等待的同时往四周打量。

一个长满毛竹板栗的山,自然还有各种其他植物和野草,一些相对平整的地方还会有茶树。半路上还看到一处房屋,一排三四间,显然已经很久没人住了,屋顶也有一部分坍塌。再往上,竟然看不到白屋了,正疑惑,又是一个陡坡,一口气跑上去,发现自己正站在屋子的对面,于是赶紧招呼两位女士。

整座屋子静悄悄的,有浓烟从屋子侧前方升起,往上走几步,便看见一位老妇人正在将枯了的玉米秆子往火堆里塞,我们到时,她正好告一段落,于是便聊了起来。我们问她家里有几个人,独自一家住在这里习惯吗?她说:"目前就我一个人在家,习惯了。"我便有些嘀咕,想着她老伴或许不在了,但这样的问题显然是不好问的。这时候,两位女士一个在拍地里的红辣椒,一个在房子门口看屋里屋外到处堆着的玉米,见我看她,招手让我过去帮她拍照片。我过去,往屋子里扫了一眼,便发现正对大门的香案上摆着一位老者的遗像,心里不禁往下一沉。

照完相,又和老妇人聊天,知道她有一儿一女,都在外省打工,孙子外孙也都大了,平时不回来。正说着,一位女士凑过来问道:"你老伴呢?"老妇人用手往右边的山上一指说:"今年5月死了,砍毛竹时让毛竹砸死的,六十八岁。"

大家唏嘘一番，自然免不了关心她的生活，山上，一个人，生活方便吗？寂寞吗？老妇人没有多说什么，脸上也没有太多的表情，只是说不着急，习惯了。

房子两层，一楼有门廊，白瓷砖贴面，窗户是绿玻璃，看上去清爽现代。老妇人说这房子是她和老伴盖的。想着一砖一瓦都要从山下运上来，几个人又是一番感叹。

拍红辣椒的女士说，我想买你一点辣椒，老妇人说好啊，你捡大的摘。问她辣椒什么价格，她犹豫了一下说，山下要三元钱一斤，我说那就给你十元钱。她显然有些高兴，说那边的大，排场，坏了的给我，放在袋子里会把其他的都带坏的。

我立在那里，心里不平静，感觉不能想，一年四季，白天黑夜，一个人待在这寂静的山上，该是怎样的孤单。如果老伴在，他们这世外桃源般的日子未尝不是一种享受，如今老伴不在了，一切都变了，圈里有猪有鸡，地里有吃不完的蔬菜，吃饭不是问题。养了狗，还有手机，安全应该也不是问题。六十五岁，其实不算太老，老了的是生活的色调，慢慢地，它们会变得苍白、脆弱，而这，才是最可怕的。

我们离开白屋的时候，脚下都有些沉重，生活在我们不经意间，给了我们一个很大的问题，虽然这样的问题，大家迟早都会遇到，但在这样一个早晨面对，还是让我们有些手足无措。

乡里领导介绍，这户人家在西溪街上易地搬迁盖了新房，儿子、媳妇都搬到了新房，本来这白房子应该拆的，考虑比较偏远就没有拆，两位老人就一直住着。他家享受了所有扶贫政策，生活不是问题。看来他们不愿意下山一定有他们的考虑，也许就是常人所说的想不开。没办法，有些东西不是一朝一夕能够改变的，只是现在老妇一个人住在山上，的确是太孤寂了。

2019.8

去来安

  我是乘高铁去来安的。

  我估计,了解来安的朋友马上就会说我错了,因为没有合肥到来安的高铁,而且来安也没通高铁。但我的确是乘高铁去来安的,中午1点55分从合肥南站上车,G7174高铁(票款六十七元),四十八分钟后到达南京南站,然后就在车站里换乘南京地铁3号线(票款七元),五十分钟后到达林场站,来安的文友在那里等我们,开车大约三十分钟,就到了位于汊河镇的酒店。因为几乎是无缝对接,所以总共用时不到两个半小时。

  这回该是不了解来安的朋友有话要说了:还要绕道南京啊,来安和南京很近吗?

  因为事先做了点功课,所以我可以先喝一口刚泡好的绿茶,然后再回答这个问题。合肥南站到南京南站的高铁经停肥东站和全椒站,再看一下地图,非但一点不绕路,而且应该是捷径。然后地铁,然后汽车,到达目的地。至于来安和南京是不是很近,那就更好解释了,我们安徽人总是说天长像一只伸向江苏的拳头,而来安则是手腕部分,它的南部毗邻南京江北新区,它的县城距离南京市区六十千米,而我们入住的位于汊河镇的酒店距离南京林场地铁站大约二十千米。两座城市就是这么近,它们之间的界线也就是安徽和江苏两省的省界。

其实也可以自己开车去来安，从我所住小区出发，总里程大约一百六十四千米，用时约两个半小时，过路费约七十五元。还可以乘大巴去来安，从合肥汽车站到来安县城汽车站，两个多小时，五十四元，要到汊河镇还得转车。所以在有朋友接的情况下，乘高铁去来安是最快的。

因此我想了又想，决定还是乘高铁去来安。

关于来安的对外交通，有一段话很是简明扼要：宁洛高速公路穿境而过，在县境有两个出入口，104国道连通南北，312省道横贯东西。县城距南京禄口国际机场八十千米，距津浦铁路十八千米，距省城合肥一百四十五千米，距京沪铁路滁州北站十八千米。

当然以前不是这样，应该说在很长时间里，来安的位置是尴尬的，处于本省的边缘地带，省会那么远，距离南京倒是近，但毕竟是其他省，种种人为的限制，让来安人找不到归属感。如今变化太大，处于南京一小时都市经济圈，让来安如鱼得水。经济上的互补与合作的结果是，在来安可以看到南京的企业，而里面的工作人员或许就是来安人，在两座城市共同拥有的湿地公园的安徽部分，南京人早出晚归地在那里上班。据说，在汊河镇，如果安装固定电话，可以在南京"025"、滁州"0550"区号之间自由选择，都市圈内电话按照市话收费。另外，南京602路公交车可以直接开到汊河。走在来安的街头巷尾，你会发现一半以上的私家车使用的都是南京牌照。渐渐地，大家都习惯了，也都自然了，不分彼此的结果是更多的合作、更深度的融合。可以说这样的结果是最理想的，也是大家乐于见到的。

从一个省的边缘城市，到本省与邻省合作共赢的平台，来安人在走出去的同时，让更多的人"来"到了"安"徽。这样的变化真不简单，个中深层次的原因是观念的改变，心胸的开阔。唯有自信，才能够打开大门，走出去，迎进来，闯出一片天地的同时，也为别人打开一片天地。因此可以说，来安乃至滁州人这些年来最大的收获，是观念的改变，自信心的增长。

自然，人们会问，接下去还会怎么样？

是啊,还会有一些意料之外的事情吗?比如再去来安的时候,除了乘高铁到南京,还会有其他途径吗?比如来安人需要从南京乘坐高铁到其他地方时,能不能不要开车(或乘车)二十千米,然后乘地铁五六十分钟?其实我们可以说这样的想法有些过了,毕竟比较过去现在已经好得太多,而要让这样的"比如"变成现实似乎并不是那么简单。

的确,这些年的发展让我们尝到了甜头,让我们越来越敢想敢干了,而随之而来的是如春天野草般疯长的目标和欲望,具体的、宏大的、辽远的、缥缈的,都有。关于"去来安"的一些新的假设和想法属于哪一种呢?我在设问,也试图寻求答案。

有那么一会儿工夫,我感觉自己蛮可笑的,面对自己如此陌生的城市,陌生到还没有找到准确的方位感,居然要操心自己再去时的途径,操心那里的人们走出去时更为便捷的路线。但很快我就不再嘲笑自己了,因为这块土地上的人们比我更为迫切地向好求变,在他们的心里,有着比我更现实、迫切的目标和想法,而我想到的或许只是其中的一部分而已。

我想,出于关心的关注与设想尽管会显得肤浅,甚至滑稽可笑,但一定会让人感觉到善意和温度。

同样,当某种机缘让我们与一个地方有了联系,有了某种好感,一切貌似设身处地的言行与思考都会变得自然而然,没有了戒备,便会无所顾忌,从而显示出其可爱的一面。

因此,我会继续我的思路找寻答案。

在我走出林场地铁站,坐上当地文友的小车时,很快我就发现有一个在建工程,询问之后,得知这是一个连接滁州和南京的城际轻轨,其具体情况还不甚了解,而隐约之间,我感觉我需要的答案或许就在其中。于是查了一下资料,结果如下:

滁宁城际铁路是国内首条采用政府和社会资本合作的模式建设的跨省城际铁路,项目总投资约一百六十五亿元,全长约五十四点四千米,在滁境内全长约四十六点五公里。滁宁城际西起京沪高铁滁州站,经滁州市区、苏滁产业园、来安县,然后跨过滁河进入南京市境内,接入正在规划建设中的新南京北站。其中南京段为北斗产业园站—南京北站,即南京地铁 S4 号线。

　　至于时间,十五分钟! 也就是说,轻轨全线通车后,从滁州到南京只要十五分钟。不过如果沿途停站,时间应该会长一些。但即便如此,前面的两个问题都不是问题了。首先,从合肥到来安,从滁州转轻轨即可;而来安人走出去也只要通过轻轨和南京地铁就可以实现。一条轻轨并不是高铁的复线,而是滁州及来安人的机动线,梦圆之线。

　　很多时候,我们缺乏的不是资金,不是资源,而是方向和路线,走错了,困顿尴尬,举步维艰;走对了,大道通畅,前景光明。

　　至于来安的明天,大可期待和想象。

　　再去来安,我会换着出行方式,寻找它不同的角度,然后定格。

2020. 12

闲话合肥

历代名人笔下的合肥

历代名人诗文中,与合肥有关系的那真是太多了,从李白到罗隐、杜荀鹤,都有相关的诗篇流传下来。北宋时诗人郭祥正只在合肥做过很短时间的节度判官,却留下了不少诗作,其中有一首《郡城眺望》,开头两句是"蜀山回出千螺秀,淝水长萦一带回"。

当然,真正把合肥写得细致入微,同时又极富感情色彩的,是南宋著名词人姜夔。从"我家曾住赤阑桥,邻里相过不寂寥",到"空城晓角,吹入垂杨陌。马上单衣寒恻恻。看尽鹅黄嫩绿,却是江南旧相识",二十多首诗词是他对于这个城市浓浓的眷念和真诚的馈赠。

明代时有一位名叫熊敬的诗人,写了一组"庐阳八景"的诗,一景一诗,完整地吟诵了合肥地区八个著名的景点。他写镇淮楼:"孤城迢递倚晴空,画角声飘思万重。客馆梦回天未晓,满檐残月落梅风。"(《镇淮角韵》)他写雪后的大蜀山:"晓起俄惊霁景开,高山头白势崔巍。卷帘为爱琼瑶湿,一片寒光入座来。"(《蜀山雪霁》)那么飘逸潇洒,韵味十足,是古诗词中描写合肥景物的佳作。

说到"庐阳八景",不能不提到朱弦。这位庐州府学正,似乎不是合肥人,但对于合肥的山川草木极有感情。因此,他在认真仔细地研究探访之后,写出了著名的《八景说》,为合肥的地方文化留下了一笔宝贵的财富。我曾经反复研读过《八景说》，感觉朱弦老先生特别可爱，他对于合肥那种偏爱，让人印象深刻。

他写《巢湖夜月》："当其月夕，微风不生，流光接天，静影沉碧。羁人当此而神开，劳者对此而机息，恍乎置身于广寒世界也。"何其美妙！

同时他更为巢湖抱屈："因思曹公驻军赤壁时，朗月在天，横槊酾酒，有'乌鹊南飞'之句，至今传为雄谈。此湖北隅红矶，一片炎炎，陡削正不让江干赤壁。吴人来争合肥时，孟德亦御之于此，何至寂寂无闻耶？湖南数峰，青插云表，焦姥一拳，仿佛君山，但少湘灵鼓瑟耳，何至无狂士买酒云边之事？""何至寂寂无闻耶""何至无狂士买酒云边之事"，看得出，朱弦的疑问里有着深深的无奈，而这些无奈在今天基本上已经没有了，因为合肥已不是那时的合肥，巢湖也渐渐焕发出它的生机和魅力。

张恨水先生是潜山人，早年离开安徽后，便很少回来。1955年6月，张恨水只身南下，先到安徽，再去上海，然后折返去山东。后来他应约将此次长途旅行写成长篇系列游记《京沪旅行杂志》，发表于香港《大公报》，这其中有三篇都是写他在合肥的经历，由此我们可以了解到20世纪50年代的合肥是一种怎样的模样。

在第二篇《到了合肥》中，张恨水写道：

车子行百余里，已经入合肥境界。两旁一望，田地已分阡陌，不像北方，山野田地相通，很少地外又筑田埂的。此间田地既分了田埂，所以较高的地方，都有了池塘。池塘之下，水田不断，庄稼均已插秧（时阳历六月十二日）。唯水田中间，往往还有干地。所有村庄，都含有皖西北意味。一所村庄，约有三五十家。人家之外，均觉树林葱茏。唯有一点，大大异乎江南。不但是异乎江南，沿江各县，也不是一样。就是这里人家，十分之九，均系稻草铺屋。合肥虽然是有名的地方，但稻草铺屋，尚系未改。

车行十二点二十分，已抵合肥。合肥，现在已经改为省城，人口有四十多万。从前的合肥，不过三四万人，解放以后加多，真是蒸蒸日上。城墙已经拆除,有几条马路,横贯南北。市上盖的房子,非常之多,一两年后,草盖民房,将以瓦房代替,那时合肥更好。

尽管看到的大多是草房,但张先生从合肥的发展状态来看,显然对这座城市充满信心。这样的情绪也一直充溢在随后的《逍遥津与明教寺》《倒七戏》等篇章里。

赵朴初先生是太湖人,他曾在一首题为《西江月·十月五日游览环城公园》的词中写道:"昔日城墙百仞,今朝花木千重。巧将大邑纳园中,妙显公输作用。 走兽飞禽形象,小桥流水西东。九分人力一天工,唤起神思万种。"对被称为"绿色项链"的环城公园给予充分肯定。

如果说赵朴初先生对环城公园是赞赏有加,那么季羡林先生对于稻香楼可谓情有独钟。他在一篇文章里写道:"九天以前,当我初来稻香楼的时候,我是归心似箭,恨不能日子立刻就飞逝过去,好早早地离开这里。我绝没有想到,仅仅九天之后,我的感情竟来了一个'根本对立',我对这个地方产生了留恋之情。在临别前夕,竟有点难舍难分了。"

接着,季先生详细描写了他眼中的稻香楼:

是非常迷人的地方。在一个四面环湖的小岛上,林木葱茏,翠竹参天,繁花似锦,香气氤氲。最令人心醉的是各种小鸟的鸣声。现在在北京,连从前招人厌恶的麻雀的叫声都不容易听到了。在合肥,在稻香楼,天将破晓时,却能够听到许多种的鸟的鸣声。我听到一种像画眉的叫声,最初却不敢相信,它真是画眉。因为在北方,画眉算是一种非常珍贵的鸟,养在非常考究的笼子里,主人要天天早晨手托鸟笼,出来遛鸟,眉宇间往往流露出似喜悦又似骄矜的神气。在稻香楼的野林中如何能听到画眉的叫声呢?可是事实终归是事实,我每天早晨出来在林中湖畔散步的时候。亲眼看到成群的画眉在竹木深处飞翔,或在草丛中觅食,或在枝头上引吭高歌,这让我这个北方人眼为之明,心为之跳,大有耳目一新之感了。

季先生风趣地写道:"说到散步,我在北京是不干这玩意儿的。来到稻香楼,美丽的自然景色挑逗着我的心灵,我在屋里待不住了。我在开会之余,仍然看书;在看书之余,我就散步。"我觉得这样的文字,远胜过那些花里胡哨的广告,让人读了会产生一种冲动:到合肥去看看,感受一番稻香楼的美妙。

叶永烈先生曾多次来合肥,他在2010年写的《合肥新颜》里说:

一提起合肥,脑海中就闪现一幕幕合肥印象:人头攒动的商业街长江路,黑漆大门的包公祠,市中心的逍遥去处——逍遥津公园,鸟语花香的"老字号"名牌宾馆稻香楼……然而,步入新世纪,合肥大变样。

清早,我在天鹅湖畔散步,到处是碧树翠草,绿化率高达百分之四十。天鹅湖中的喷泉,有着亚洲第一高喷泉的美誉。入夜,天鹅湖畔一丛丛树木披着繁星般的小彩灯,而用灯光装饰的高楼大厦则如同穿上闪闪发光的晚礼服,成为一道五彩缤纷的风景线。

叶先生不愧是理科高才生,他的文章里会出现各种各样精确的数据,比如他在接下来的文字中写道:"天鹅湖大酒店位于合肥旧城的西南面。从天鹅湖大酒店至合肥旧城中心,大约15公里。我乘轿车前往合肥老城。在老城与政务文化新区之间,2008年新建了一座六车道的金寨路高架桥,犹如缩短了两地的距离。这座高架桥每天的车流量高达5.4万辆,路面交通依然非常通畅。"

对于城市的发展模式,叶先生也有自己的思考,在他看来:"中国的诸多城市在经济大潮之中都面临着新旧交替问题。北京采取的是'摊大饼'模式,从二环扩大到三环、四环、五环以至六环,以紫禁城为中心像树木年轮似的向外扩张。合肥采取的是'卫星式',即在旧城四周建立一个又一个卫星城,呈放射状。"

最后,叶先生写道:"我从合肥回上海,改乘动车,三个多小时就到了。听说合肥至上海的高铁很快就要通车,车程缩短为两小时。如此便捷的交通,无疑会加速合肥的大发展。从合肥新颜,我看到中国迅速崛起的影子。"

是的,从合肥的新面貌中,可以看到中国迅速崛起的影子。如今,又是十年过去了,又有许多名家来过合肥,写过合肥,那么在他们的笔下,合肥又是怎样的一番景象,合肥还会给世人怎样的惊讶和惊喜,估计很多人都在想象和期待。

2020.6

在他乡邂逅合肥名人

我总是记着在淮安的一个瞬间。

傍晚,当我们匆匆结束一天的行程,离开位于清晏园的河道总督署展览区时,我忽然发现庭院中四座人物铜像中的一位生平简介里有"合肥"二字,驻足细看:"陈瑄(1365—1433),字彦纯,安徽合肥人,封为平江伯。1403 年,陈瑄任总兵官,总管海运,后为漕运,1415 年主持开清江浦,自淮安城西管家湖凿渠导湖水入淮,建清江等四闸调节水位。"那一瞬间,感觉疲乏顿消,在他乡邂逅一位合肥籍名人,让我感觉特别激动和亲切。

陈瑄这位传奇般的人物,在淮安人心中的地位,可能是他家乡人没有意识到的,甚至有淮安人会认为如果要在淮安竖立一座最具代表性的人物塑像的话,首选应该是陈瑄。

从淮安回来之后,我开始关注那些在外地立有塑像的合肥名人。在我看来,尽管竖立塑像不是判断一个人成就和影响力大小的唯一标准,但某种意义上,它是一个地方或者一个领域对其的肯定和褒奖。今年我在安徽省图书馆有四场讲座,8 月底第三场讲座的主题就是"在他乡邂逅合肥名人",当时只找到七位在安徽以外的地方有塑像的合肥名人。那场讲座效果不错,不少朋友认为这个角度很有意思。在这之后我又陆续找到七位与之相关的合肥名人。

在这十四位在他乡有塑像的合肥名人里,包公是我邂逅到第一位,那是近三十年前,在开封包公祠。因为电视连续剧主题歌一句"开封有个包青天",很多人都以为包公是开封人,到了开封,看了包公祠,我明白了什么叫为官一任,造福一方。包公为开封人留下的,是一个风清气正的生活环境和人生信念。

今年有朋友去广东肇庆,拍了一张照片发给我,包公祠大门外,三米高的包公铜像正气凛然。据说为了塑造出包公四十二岁在肇庆做官时的形象,当地还运用了高科技手段,可见当地人对这位清正廉洁的官员是何其敬仰和用心。

包公塑像不但在国内各地有,在全世界各地也有不少,特别是在新加坡这样的华人聚居地,包公是大众心目中神一般的人物。因此,合肥人在他乡邂逅包公(塑像)的概率应该是最高的。

赤壁矶头林木掩映的长江边上,有一座高大的周瑜塑像,塑像高八点五八米,人物身高六点五八米,基座底座宽高各两米,长三米,用二十六块花岗岩雕成,重一百一十三吨,展现周瑜身着铠甲战袍、肩披斗篷、手持利剑雄姿英发的形象。

为周瑜塑像,不是一件容易的事情,史书里的描述和文学作品里的演绎,使周瑜在不同的人心里有着不同的形象,如何表现其儒雅潇洒与英武自负,场地和背景都很重要。因此单凭着图片判断是不行的,所以赤壁必须要去。

如果要数最早在外地竖立铜像的合肥人,那一定是李鸿章。1906年,由德国人塑造的李鸿章铜像在上海竖立。据称这也是第一座华人铜像,该像"高九尺六寸,冠大帽,披黄马褂,佩剑,全身以纯铜铸成,饰以金皮,辉煌夺目,历久如新"。如今,铜像早已不在,在其旧址原李公祠,又有一座新的李鸿章半身铜像。

根据网上图片线索,天津、南京等地似乎也有李鸿章铜像,但具体情况如何,有待进一步查询核实。其他城市一些特定的地方或许也会有,那真是需要机缘,等待邂逅了。

查找刘铭传在外地的塑像时,我首先想到的是台湾,作为首任台湾巡抚,台湾近代化建设的先驱者,刘铭传在台湾有一些遗迹和纪念设施也是理所应当的。如果说去台湾需要一些理由的话,那么邂逅刘铭传(塑像),应该算一个。

丁汝昌是一位悲剧人物,他所处的那个年代在某种意义上成就了他,但最终还是毁灭了他。作为中国第一位海军统帅,他用刚烈的死为自己的人生画上一个厚重的感叹号。令人欣慰的是,如今在威海,可以看到他的故居和塑像,让人们在叹息之余,感悟个人的命运与国家的命运从来都是密不可分的。

聂士成也是一位悲剧英雄,一百一十九年前当他腹背受敌,身中数弹,牺牲在天津八里台时,他的内心一定是苍凉的。庆幸的是公道自在人心,五年后,清政府在天津八里台以南(今天津市南开区紫金山路与卫津南路交叉口)立碑纪念聂士成,碑正面刻"聂忠节公殉难处",两侧立柱上刻"勇烈贯长虹,想当年马革裹尸,一片丹心忍作怒涛飞海上;精诚留碧血,看今日虫沙历劫,三军白骨悲歌乐府战城南",横额为"生气凛然"。1984年复立"聂忠节公殉难处"碑,2000年在他为国捐躯一百周年之际,天津市政府在原聂公碑所在地建了一个高四点一八米的聂士成跃马挥刀铜像以示缅怀,正是:将军驱骑刀光寒,一跃桥头此生瞻。聂公当年激扬处,多少青松配雨寒。

冯玉祥的一生跌宕起伏,干了不少大事,也引发不少非议,最后死于非命。他一生转战南北,打了不少仗,也做了不少善事,因此全国不少地方都有他的纪念设施和塑像,可见虽然他已经去世七十多年,依然有人记着他。"倒戈将军"也好,"布衣将军"也罢,一个人一生大的走向决定了人们和历史对他的评价。

据有关资料和图片显示,张治中在重庆,卫立煌、孙立人在云南腾冲,都有塑像。想象着某一天,我在经过长途跋涉,站在这些合肥名人塑像前的时候,心里虽然没有"邂逅"的意外和惊喜,但一定会有一份很独特的感受。他们每一个人的经历都是一本让人感慨、叹息的书,发人深思,进而有所收获。

合肥张家四姐妹中,二姐张允和无疑是位灵魂人物。她酷爱昆曲,一生也充满戏剧性:毕业于上海光华大学(今华东师范大学)历史系,曾为高中历史老师、人民教育出版社历史教材编辑,1952年离职后,一直在家,自称"家庭妇女";担任过北京昆曲研习社联络小组组长、社长；晚年致力于写作，著有《最后的闺秀》《昆曲日记》等，并续办家庭刊物《水》。

张允和是中国著名语言文字学家周有光先生的夫人。周有光先生是常州人，在语言文字学方面成就卓著，百岁以后依然思维敏锐，笔耕不辍。2016年1月13日他一百一十一岁生日之际，周有光、张允和夫妇铜像在青果巷周有光旧居揭幕。这应该是张允和的第一座铜像，后来在常州又出现了他们的第二座铜像。苏州九如巷张家老宅现在不知道怎么样了，其实那里最适合竖立一座张家四姐妹塑像的，当然，还有合肥西乡的张老圩、城内的龙门巷旧址，都有可能。毕竟，张家四姐妹在现代中国文化史上有其独特的位置。

杨武之先生是我国著名的数学家、数学教育家，长期在清华大学和西南联大数学系任系主任、代主任，是国立昆明师范学院（今云南师范大学）数学系首任系主任，我国早期从事现代数学论和代数学教学与研究的学者。杨武之先生一生从事数学教育，特别是在清华大学和西南联合大学执教并主持系务时期，培养和造就了两代数学人才，对中国现代数学的贡献很大。当然，杨先生还有一个著名的儿子——杨振宁。

2013年10月15日，"武之楼"命名暨杨武之先生塑像揭幕仪式在云南师范大学举行。九十一岁高龄的杨振宁教授出席仪式。

杨振宁先生今年九十七岁，他可能是合肥乃至全国在生前被竖立塑像最多的文化人。当他为自己在清华大学、南京大学、香港中文大学、东莞理工学院等学校的塑像揭幕的时候，实际上就是在书写一段传奇，而且这件事本身，对于一些不实之词和非议来说，是最好的回复。

2019.11

家门口的书店

在我办公室的南边,有一条很长的走廊,走廊的东西两头,各有一个窗户。从东边的窗户往外看,最显眼的,莫过于正处于紧锣密鼓装修筹备期的四牌楼新华书店;从西边的窗户往外看,则能在车水马龙中,发现三孝口书店的身影。而我办公室所在大楼的一至四层,是安徽图书城。

十多年前我写过一篇《长江路上的书店》,其中有一句话:"在不到一公里的距离内,分布着这座城市规模位居前三位的书店,这在全国也堪称绝无仅有。"现在估计不能这样说了,因为有很多上规模、有特色的书店出现在这座已然变得很大的城市的各个地方。这个现状的本身,反映出城市书店格局的变化。城市规模的扩大,人口的大幅增长,刺激着各种需求,包括图书。

自然不能回避网购现象,其全民性及对百姓生活的全覆盖,挤压着几乎所有的实体经济。合肥书店业逐渐进入低谷,除了一些书店以其规模优势不但得以存活,而且还能一直保持上升的势头,其他为数不少的小书店,大多关门歇业。

其实市场还是很大的,网购不可能满足所有的需求,不同的群体有着不一样的选择,一定还有人喜欢实体店的氛围,欣赏那些由图书、书架和读书买书人构成的静止或者流动的画面,享受购得一本心仪图书时的那份满足。

问题不在于变化,在于人们的思维定式,用老办法简单对待市场,甚至麻木懈息,非但不能满足客户旺盛的需求,原有的客户也会逐渐流失。

冷落萧条让不少人离开,让更多的人避之不及,这是人之常情。但商机往往就在其中,有人开始行动了,书吧将图书与休闲、消费组合到一起,茶吧、咖啡屋则将图书作为背景和底色,彰显其文化气息。大多图书卖场放下身段,营造亲和、放松的氛围,让读者不但能够买到书,还能够在读书沙龙、读者见面会、名家签售会等场合,享受读书与分享时的宁静和愉悦,获得一些额外的收获。于是,始终如一的读者有了继续下去的充足理由,而那些时而光顾的读者则会在惊讶于书店变化的同时,重新将书店作为他们未来购书、阅读的选项,毕竟,实体店的氛围、翻阅图书时的感觉、邂逅与发现时的惊喜,有其不可替代的魅力。

做大,做成文化综合体,让读者有更多的目标和理由;做精,做出自己的特色,从大而全到品种的精耕细作。在变幻的市场面前守住阵地,在多样的需求面前打造特色,需求永远存在,如何去做才是关键。

去除一些功利性、动机复杂的行为之外,一切的尝试都是值得肯定的,当书店让人们有了更多的选择和福利,当读者感受到书店的用心和诚意,当图书的品种和陈列透着专业与个性,客流不是问题,销售也不是问题。

在各类书店正在为如何进一步加强书店的便利性和公益性进行探索时,市政府有了跨越性实质举措,一个名为"城市阅读空间"的文化项目正式启动。社区提供场地,政府投入启动资金,招标运营,新华书店和各文化实体都可以竞标成为运营者,这无疑为推动市民阅读、拓展书店的网点服务,提供了很好的条件和机会。

据了解,该项目自2017年启动以来,已经建成近八十个,而到2020年,将会实现一百个的目标。至此,"家门口的书店"从一种理想正式成为现实。对于这座城市来说,这是一件了不起的事情,它意味着这座城市里的普通百姓可以在距离自己家不远的地方,借阅和购买图书。在很多人还没有在自己的家里给图书预留空间,大众阅读还处于一个相对较低的状态,孩子们还缺乏一个良好的读书氛围情况下,城市阅读空间的出现,无疑是件功德无量的事情。

所有的城市阅读空间都有着高标准的环境设施,有比较专业的人员做好日常服务,各年龄段的市民都可以将它作为自家的书房,在这里读书、思考,甚至发呆。对于孩子们来说,做作业与课外阅读无缝衔接,对于他们阅读习惯的养成,平和性格的塑造,有着潜移默化的作用。

　　我走过十几个城市阅读空间,看见过许多让人怦然心动的阅读画面,感受到图书和知识的魅力,也发现一些资源没有得到很好的利用和对待,大众阅读的普遍性和持久性有待加强和提高,"家门口的书店"要走的路还很长。

　　的确,随着越来越多的城市阅读空间的建立,一定会面临一些问题:如何让它们能够持续有效地发挥作用?如何让运营商能够做得好、做得下去?如何让更多的市民认同和接受?政策保证之外,还需要一个个切实有效的措施。

　　管理层面要有一套行之有效的机制,要让运营商不赔钱乃至赚钱,同时盈利点必须基于文化创意产业,否则就会使城市阅读空间变味,让前期所有的努力付诸东流。坚持公益性是关键,提供场地、书香氛围、培养习惯、传递知识是特色和目标,城市阅读空间的未来可以折射出一座城市的未来。因此,"家门口的书店"不仅仅是一种福利,更是一个硬指标,一个充满智慧能量的加油站。

　　人们通常习惯于一步一步去做事,慢慢地到达一个比较高的境界,进入一个比较好的状态。城市阅读空间不是这样,它是超前的、跨越性的,或者说它就是一个目标,美好诱人。大家要做的,是行动起来,向着这个目标努力去做,尽管这种做法有它的风险和压力,但是思路清晰、方向明确。当城市阅读空间得到极大地丰富和利用之时,一定是它实现自身价值,成为许多人自家书房的时候。

　　书店距离人们更近了,人们距离图书更近了,真好!

2019.9

从《阅读合肥》到《合肥的小街小巷》

十年前,临时动议,约请了六十位名家写合肥,经过紧张有序的运作,突破一系列关键节点上的问题,最终成功地在几个月里完成约稿、审稿和出版的所有流程,并于10月1日举办了首发式和作者签售会。现在想来,当时真是天时地利人和,否则无论如何,也是难以实现的。

《阅读合肥》共分六个部分,每一个部分都有一个主题,十篇文章。

第一部分"风情卷"收录的是一些从不同的角度看合肥的文章,个性鲜明、文采飞扬,作者有许春樵、苏北等。

第二部分"景色卷"描写的是合肥市区各具特色的公园、街道和景区,文字细腻而亲切,作者有许辉、刘湘如等。

第三部分"情怀卷"则主要是一些"新合肥人"讲述他们在这座城市的经历和他们对于这座城市的看法,无论是个人经历还是旁观者的感受,均真实而富有感染力,作者有潘小平、赵宏兴等。

第四部分"记忆卷"自然是一些关于合肥的历史和记忆的文章,讲述城市历史与人物、个人独特的记忆,不疾不徐,娓娓道来,作者有徐子芳、戴煌等。

第五部分"文化卷"的十篇文章涉及历史、戏剧、方言、书店以及饮食文化等,认真、严谨而不乏温情,作者有刘定九、温跃渊等。

第六部分"建设卷"是对正处于加速发展的合肥城市建设的记录和展望,真切、生动而令人振奋,作者有翁飞、赵昂等。

《阅读合肥》问世之后,广受欢迎,销售量很快便超过一千册,成为很多人认识和了解合肥的一本很重要的书。

为了宣传和介绍《阅读合肥》,我前前后后一共写了近十篇文章,其中六篇比较详细地介绍其六个章节的内容。这些文章后来都收入我于次年出版的个人散文随笔集《倾听合肥》里。

《倾听合肥》也是有由六个部分组成:"沿着长江路往前走——一座巨变中的城市""在骨子里爱着合肥——一本六十人合写的大书""走出来的'熟人'——一些生活在合肥的人""这一年和这些年——一个'土著'的生活记忆""远处飘来的乡音——记忆中的那些庐州方言""儿子,还记得八年前吗?——那一段刻骨铭心的经历"。

著名作家许春樵在序言里写道:"在我看来,政屏的主流立场不是一种政治选择,而是一种情感选择,他爱着合肥,就像爱着一个人,爱她的优点,也爱她的缺陷……说政屏的情感结构中有博大之爱,恰如其分。""政屏是个单纯的人,他的文字和做人少于世故;政屏同时又是一个丰富的人,所以他的情感和思想自然就多了细腻和深刻,他能把不可能的事做成可能,也能把能做成的事做得更好。"这样的评价虽然令我愧不敢当,但无疑是一种肯定和鼓励。

著名媒体人、文化达人马丽春拿到《倾听合肥》后,"9点多到家,我习惯把新书翻上一翻,这一翻,不得了,这本书还真打动了我,以至我半夜起来,要为它写上一点文字"。第二天早晨,我看到马老师的这篇《一个写合肥的人》,真是既意外又感动。

作为一名合肥"土著",我一直关注合肥方言,渐渐地开始从事这方面的研究。当我发现合肥方言研究和传播上出现一些问题时,我决定通过自己的努力,让大众对它有一个正确的了解和对待。于是我开始写一种我称之为"微博体"的文字,将一些合肥方言的正确意思说出来,记录一些记忆中的合肥方言,整理一些风趣幽默有内涵的"合肥小讲",同时用篇幅比较长的文字,将一些相近、相关的合肥方言说开说透。2013年3月,这些文字辅以一百多幅水墨漫画,集结为《享受合肥方言》,正式出版。此书甫一面世,即受到社会各界广泛关注,许多新合肥人把它作为了解这座城市的一本入门书。2016年8月,此书修订后第二次印刷。

2016年开始,我策划主编的"合肥文字"丛书陆续出版。本套丛书的作者多为活跃在省市文坛的作家、学者,整体水准很高,因此极具影响力。

第一本《我们的莎士比亚》于2016年4月23日"世界读书日"首发,当天也是莎士比亚逝世四百周年纪念日。本书除了莎士比亚专题之外,还有许多在合肥的作家的读书、生活、旅行等方面的记录,丰富而独特。

第二本《记忆之中的定格》在2016年9月出版,本书第一辑"日常合肥"收录十一篇有关合肥的文字,许春樵、苏北、赵宏兴等所写的《合肥的汽车记忆》《无病呻吟,或多愁善感》《搬来搬去的城》《我们合肥的山》《书香合肥》等,追忆、记录着合肥,有情有趣有感觉。

第三本《合肥的小街小巷》在2017年3月出版,它是"合肥文字"丛书里第一本专集,收录了三十多位作家撰写的有关合肥及所属五市县的五十余条街巷的文章,角度不同,风格各异,赋予一条条街巷色彩和温度,颇受公众的关注和喜爱。首发式尚未举行,就已经加印,其热销程度,可见一斑。

我在《合肥的小街小巷》的"前面的话"里写道:

一个城市里的小街小巷所承载的,不仅仅是民风民俗、人文历史,还有着许多个人的情感和经历,独特的景致和风格背后,是它的特有的记忆和内涵。我们现在去写身边的小街小巷,就是要挖掘这些记忆和内涵,让一条条看似普通甚至有些雷同的小街小巷展现出自己特有的魅力和色彩。

在这本书里,无论是土著还是移民,无论是年近古稀的老者还是年富力强的中年人，大家都以饱满的情感，平实的笔触，描写着他们心中的那条街那条巷，他们对于这座城市的理解和爱，真挚而透明。了解一座城市，从小街小巷开始；了解这群可爱而执着的人，从《合肥的小街小巷》开始。

"合肥文字"系列丛书第四本《文字是一种纪念》在2018年4月出版，关于鲁迅先生，关于读书的滋味，关于生活的记忆和美好，用心去写，用心在做。

从2009年到2018年，从《阅读合肥》到《倾听合肥》，从《享受合肥方言》到《合肥的小街小巷》等四本"合肥文字"系列丛书，十年来，我一直在以自己的方式，联合各方面的力量，为合肥这座我深爱的城市，撰写、编纂、出版一本又一本书。我想我还会继续做下去，为了合肥的昨天、今天和明天。

2019.11

等了七年的《合肥时尚方言》

世间很多事情就是这样,计划得很好,有时可以说是周到细致,但是因为这样那样的原因,延缓甚至阻碍了计划的实施,久而久之,这件事情就会被淡忘,直至遗忘。

《合肥时尚方言》差一点就成了这样。好在无论在什么原因、何种情况下,我都还记着它,想着这本书稿没有完成。

2013年8月,《享受合肥方言》出版后,市场反应出乎意料地好,出版社因为顾虑坚持只首印的两千本,在三个月内发行一空。这无疑刺激了我,加之不少朋友和读者说有好多他们熟悉的合肥方言没有收进去,让我很快决定,再写一本主要收录目前大家都还在用的,也就是说还比较"时尚"的方言,书名就叫《合肥时尚方言》。

说干就干,我在很短的时间里罗列出符合要求的几十条合肥方言词汇,并当即开始写作。我查了一下,第一批四个词汇"二青头""把滑""把缸""呲咕"的写作时间是2013年10月30日。

其实我之所以决定再出一本关于合肥方言的书,还有一个原因,就是在《享受合肥方言》交稿后,我就开始继续收集整理我很感兴趣的"合肥小讲",从2013年4月底到9月底,完成近七十则解读"合肥小讲"。有了它们,我心里就有了一些底。

按照我的计划,三年之内出版这本书应该是没有问题的,即便是"趣谈合肥方言"写得慢一些,时间也是绰绰有余。

但是太多的工作以及不够理性的应酬交往,占据了我大部分时间,配图者迟迟不能落实也消减了我的热情,《合肥时尚方言》的写作渐渐停了下来。三年后的 2016 年,出版社里《享受合肥方言》的库存已经没有了,而有关活动和书店里的日常销售都还需要它,于是我和编辑商量,加印一部分。

市面上有书卖了,我似乎又不着急了,心思也都在《一包书的分量》《撮造山巷上空的月亮》,家族记忆专著《秋毫露滴——庐州刘氏文墨初辑》以及《圈起一座城市的气韵》《傅雷:我爱一切的才华》等书稿的编辑写作上了,这一停,又是四年。

2020 年新冠疫情将人们困在家里几个月,我似乎进入了一个很好的写作状态,不少文章和几本书稿都是在这几个月里完成和完善的。《合肥时尚方言》也是在这时再一次被我记起,而且很快进入写作状态。在完成九十则"时尚方言"写作之后,还想在八篇"趣谈合肥方言"的基础上,再写几篇,因为这样的文字篇幅长,能够展开说透,也比较过瘾。

现在想来,如果一个人总是想着自己所面临的问题而裹足不前,那么他很可能一事无成。先行动起来,把自己可以做的事情先做了,再去解决那些难题,不失为一种积极的态度——尽管这样做缺乏一定的动力支持。

如今《合肥时尚方言》终于完成了,出版选题也在审批中,最迟明年就可以面世。等了七年,一桩心事终于了了,用合肥话讲,"这下子可以将心搁在肚子里了"。

2020.7

1955年合肥路名趣谈

1955年,"北门至和平医院一路即有拱辰街、北大街、映典路、鼓楼路、南土街五个名称",这是当年《合肥市人民政府公告》(55)合办研字第00188号里列举的例子。在这之前,合肥一直使用的都是老地名,而老地名缺乏有效管理,不够规范严谨。由于约定俗成,新旧名混用,形成了一条路有两个甚至好几个路名的极其混乱的现象,"极其混乱"是公告里所用的词汇。

杨振宁先生曾说他家住在合肥西大街四古巷,但四古巷杨宅前门对着后大街(今安庆路),后门对着前大街(今长江中路),怎么又出来个"西大街"?问了老父亲,老人家说后大街又叫西大街。按照通常思路,说自家位置时一般都会说前门对着哪条路,杨先生所说的西大街也应该是安庆路。最近查资料,发现前大街又叫西大街,是老父亲记错了,还是两条东西向的路都叫西大街?

1955年2月19日,合肥市政府按照新的思路命名了这座城市的道路,而这个新思路,《安徽省合肥市地名录》里有一段文字似乎可以说明:"为体现省会城市特点,合肥市道路以省内山川河流、县市及重要城镇命名,在可能的情况下用字义含水的地名作为东西向道路名称,并适当照顾到与实际地理方位相对应。"

第一批命名了二十八条道路,其中命名之后一直沿用至今的有十二条:金寨路、阜阳路、滁州路、宁国路、铜陵路、当涂路、庐江路、桐城路、霍邱路、屯溪路、亳州路和濉溪路。徽州路最终改为徽州大道,宿县路改为宿州路,属于基本没动;有一两条路似乎已经并入其他路了,除此之外,还有十几条路就要复杂一些了。

比如一条从小东门到大西门的东西向大路,原名小东门街、前大街、西大街,被命名为安庆路,这太让我意外了,明明是长江路啊,怎么成了安庆路?好在后来(应该是很短时间内)它就改名长江路,否则叫习惯了,还真改不过来了。

被废弃了的"安庆路"只好另找地方了,它看上了淮南路,即原来的后大街、寿星街,然后扎下根。而"淮南路"似乎流浪了好些年,最后在城北找到了落脚点。

自此,安庆路变成了长江路,淮南路变成了安庆路,一条路风光无限、变化不断;一条路拥抱市井生活,喧闹也罢,沉寂也好,淡然处之。

从东大街、文昌宫街一直向西的那条长长的路被命名为蚌埠路,但是它到底还是成了淮河路,估计是为了和"长江路"相对应吧。"蚌埠路"只好另寻他处,在由尚武街、尚德街和三里街组成的芜湖路安了家。不过它的故事并没有结束,三十多年后,它又一次被取代了,新路名是长江东路。后来,有了一条新蚌埠路,不知道可是它整了容过去的。

"芜湖路"丢了东门那条大街,转向南,在老城外看上了一条僻静的大路,原来的南郊公路,后来的巢湖路。现在看来,"芜湖路"这一招虽然有点剑走偏锋,但实在是有眼光。

被挤走的"巢湖路"看上了它东端的"肥西路",我想它的理由有两点:路在淝河西岸,距离巢湖更近了,合乎情理;肥西路跑到了城东,有悖常识。自此"巢湖路"过上了"我家就在岸上住"的滋润的日子。

经过这么一连串的改动,蚌埠路变成淮河路,芜湖路变成蚌埠路,巢湖路变成芜湖路,肥西路变成巢湖路。各自安稳,成长壮大。

还有一条路也让我感到挺意外的,老城区长江中路南侧的益民街当时被命名为太湖路,当年我住小马场巷的时候,它在我家的南边,现在我住到青弋江路,它又在我家的南边,莫不是它也走我也走,我追着太湖路往南走?

继续说道路命名,1956年5月,合肥市人民委员会又命名了十五条道路,最后一条"自小南门外向南"的新公路被命名为黄山路,后来它被徽州路和青年路分了,再后来青年路又被徽州路并了,而另居他处的"黄山路"最终成为老城南边一条宽广大气的学院路大道、景观大道。

费了老大的劲,唠唠叨叨地说了这些,不知道读者可听明白了,或许更糊涂了也难说。不过闲暇的时候,琢磨琢磨这些陈年往事,倒也不乏趣味,正所谓:沧海桑田,路名春秋,细品慢酌,风轻云淡。

2020.9

那些消失了的街巷

所谓岁月,其实就是不断地有一些人出现,又不断地有一些人离开,建筑和街道也是这样。有时想起来小时候走过的那些小街小巷,大多都消失在钢筋混凝土的现代建筑群的下面,它们有的还有名字留下来,有的原本就是无名街巷,现在自然是消失得干干净净。

母亲在说起过去的事情时,时常会提到万花楼巷和芒人巷,感觉这两个巷名都挺有意思,万花楼是一个传说、典故,还是一个建筑?芒人又是什么人?我没有问过,也不曾打听过这两条巷子原来都在哪里。最近查资料时,无意中找到了答案,万花楼巷是以前的前大街(长江中路)与后大街(安庆路)之间的一条巷子,又名一心巷,估计因为巷子里有个飞凤池澡堂,又叫飞凤巷。小时候,我跟着父亲去那里洗过澡,大池子、热毛巾,为防止丢失而挂得很高的衣服,至今记忆犹新。现在万花楼巷变成了一条街,一说名字估计合肥人都知道它在哪里:飞凤街,从长江中路经过它就可以到达城隍庙。

芒人巷也是长江中路与安庆路之间的一条巷子,原名芒神巷,也不知道有意还是无意,渐渐叫成了芒人巷,最搞笑的是居然还被叫成盲人巷、蚂蚁巷,估计是读变音了。后来,这条不宽的巷子被改名为长干路,最后它被并入阜阳路。20世纪90年代,它消失在城市改造中,原址上修了一条花园街,花坛绿植,雕塑小品,颇费了一番心思。开放之时，游人如织，热闹非凡，后来花园街还入选了合肥十景。

其实这两条巷子我都走过，见过它们老旧的样子，也目睹了它们一步步消失的过程，只是我从来没有关心过它们的名字、它们的历史，以及它们的价值。老街巷有价值吗？我现在的答案是：老街巷不但有价值，而且是不可取代的价值。以某种形式保留一点线索和记忆，很有必要，也很有意义。

过去的"小街小巷"的"小"，一是窄，二是普遍不长，因此新修一条路会让几条老街巷消失，这似乎也是没办法的事，可以说现在老城区大多数的路都是在两三条（甚至更多）老街巷的基础上修出来的。查阅资料可以发现，庐江路就是在农场巷、洋楼巷和官盐巷的基础上修建的，只是不知道"洋楼"后来是怎样的命运，官盐的历史有没有人去研究和记录。

含山路那块我不熟悉，去得也少，据资料介绍，1956年5月命名的含山路，让二山门巷、佛照楼巷（现在的佛照楼巷为新开拓的巷子，用旧名）消失了，后来含山路分了南北，北含山路北延又让寿春二巷（原二郎庙巷）消失了。

我在一份《废旧街巷名称一览表》里一条一条仔细查看，草市街、牛市巷、红楼巷、正心巷、意城巷、徐小巷、西马道巷、北马道巷，等等，都已经彻底消失了，原来的地方，"拆除"，"建成楼群区"。还有那条"鲁班庙巷"，让我想起早年间小马场巷附近的将军庙巷，庙不在了，巷子也没有了，多少有些失落。

如果要说最让我这两年时常会去想的一条消失了的巷子，应该就是龙门巷了。合肥张家四姐妹中的二姐，著名学者周有光的夫人张允和，在一篇名为《本来没有我》的开头写道："1909年，在安徽合肥龙门巷的一所大院里……"龙门巷是张家在合肥城里的居住地，但是在现在的合肥老城区，居然找不到它一丝一毫的信息，唯一让我们相信张允和没有记错的证据，是今年九十四岁高龄的许有为老先生证实老合肥城里的确有一条龙门巷，而且许家的祠堂也在龙门巷里，但是许老也不记得它的具体位置了。

记得6月初去看许老时，我还追问了一句许家祠堂的朝向，许老很肯定地说门朝西,那么我们可以据此推测龙门巷应该是一条南北方向的巷了,而这条巷子似乎也不是很长,因此比较容易消失而又不被很多人记住。或者,和不少老街巷一样,龙门巷只是一条巷子几个名字中的一个。

近些年来,有几位文史爱好者在苦苦地寻找着龙门巷的位置,他们根据张家人的回忆等线索,确定了三处龙门巷最有可能的地点,其中一处就是现在的舒城路。而我竟然一直没有任何理由地"感觉"龙门巷就在现在的舒城路附近,的确是有些搞笑。最近我发现在刚刚完成小巷改造的丁家巷的西口,有一块特别设置的墙面,上面有张家四姐妹的介绍和几张照片,让人感觉好像消失很久的龙门巷就在现在的丁家巷附近。只是如果真是这样,几张照片似乎过于简单了,合肥这四位非凡的女子和她们非同寻常的夫君沈从文、周有光等,应该是这座城市一张清雅的名片。即便不能够准确找到当年龙门巷的位置,也应该辟一处地方展示和介绍相关的实物和资料。这样的事情,常州等相关的城市已经在做了。的确,与其费尽周折打造那些所谓景点景区,不如将应该做的事情做好。

龙门巷消失了,成为一个谜,许多街巷消失了,踪迹渺然,但记忆还在。而让这些记忆有个落脚的地方,是我们可以做、应该做的事情。或许,我们应该有一个城市记忆博物馆。

是的,应该。

2020.9

在那些无名小巷里穿行

这么多年来,走过许多大街,也走过不少巷子,大大小小,长长短短,繁华的,冷清的,都见过,走过。

还走过一些僻静的没有名字的巷子。这样的巷子这些年见得少了,几十年前,在这座城市里,有很多这样的巷子。那时候我太小,胆子更小,但对那些神秘的巷子却充满了好奇,时常会鼓足勇气到那些巷子去"探险"。

最常去的巷子我曾在文章里提到过,小马场巷和七桂塘之间的一条细长的窄巷,两边是两座青砖房子的高大山墙,以及连接这些山墙的碎砌院墙。巷子两侧各有一个门,东侧是宅子的侧门,西侧应该是后来开的一个门,比较大,里面好像是一个被服厂。巷子不宽,地面上铺着红砖,整齐干净,但也有些冷。每次想通过的时候,我会长吸一口气,屏住,一溜小跑过去,然后停下来,回望,感觉挺刺激的,仿佛干了一件了不起的大事。

不过那时候不知道什么叫刺激,就感觉好玩、有意思,越是害怕越是想去试一试。在这种心态下,逮到机会我就会走一走这些巷子,不过大多数是跟在大孩子后面。

但人多也有人多的问题,闹闹哄哄地跑来跑去,定不下脚步看那些想看的,深宅大院尽管都已经成了大杂院,但还是感觉里面很神秘,仿佛自己能感受到老屋传递出的密码一样。

记得有一种巷子很特别,过去大户人家好几进的房子,1949年后分给很多家住,不论是一进三间还是五间,中间一间原先敞开的都会被隔开做房子,只留下窄窄的一个通道。通过这样的通道从第一进走到最后一进,或者从后面走到前面,有一种私闯民宅的感觉,因为住得密集,感觉到处都是人,但不敢看人,眼光四下飘着,心里咚咚跳。其实那就是人人可走的通道,一种特别的巷子,只是我想错了,仿佛那里面住的是一家人,而我们则是非法闯入者。

高中时,去段家祠堂一个同学家,再走这样的"巷子",内心和脚步都是安稳的,边走边看。后来那个建筑毁于一场大火,但在我的脑海里,还存留当时的几个画面,偶尔还会想起。

还有一种巷子,类似现在城中村拥挤的高高矮矮房子、棚子之间逼仄的通道,走那样的巷道是需要勇气的,惊险的成分更大一些,逃离感让原本就很匆忙的脚步变得凌乱。

长大后,见识了更多的小巷,在城市周边的一些古镇,穿行于那些幽僻的小巷,仿佛走在记忆中,脚步变得迟疑而急促。

有时候也会突发奇想,去走一些陌生的巷道,期待有所发现,有些惊喜。不需要特别的准备,兴之所至,就去了。

比如有一天,在距离所住小区不远处,从一条看上去很新的楼间小道往里走,渐渐地发现里面居然有一些低矮的平房和两层楼房,市井的感觉一下子就浓郁起来,而我之前一直以为这条巷子里都是些整齐划一、缺乏个性的楼房。试探着继续往里走,左拐右拐,正担心是否有出口时,豁然开朗,前面居然是一个机关大院里的环形道路。

还有一条巷子可谓最单调无趣,两边是两个单位的粗犷的围墙,中间是盖在主下水道上面的水泥板,如此近百米。走在这样的巷子里,你会有种急迫感,晚间则越发感到忐忑不安,仿佛进入恐怖电影里。但就是通过这样一条巷子,居然会进入一个密集的居民区，各种小店面有模有样。如此之大的反差，就像一些人的工作和生活状态，两个极端交织在一起，自是一番别样的体验。

去撮造山巷那次也遇见了一个特别的巷子。我和家里那位在一片老旧的建筑间绕行，夜晚，没有人，四周安静得让人有些发虚，想着在这样的环境下，或许会遇见什么，但是没有。

走出来时，一下子跌入淮河路的炫亮光影里。

2020.9

继续走街串巷

我喜欢走路，在大家都还不时兴步行的时候，我就开始每天走一万步左右的路程了。这与我工作的地点和家里的距离适当也有关系，三十分钟的单程步行，既不会太累，也耽误不了多少时间。

因为走路，我自然可以看到很多人和事，也可以想一些事情，悟一些人生的道理。时间久了，我便会将所见所闻及所感写了下来，于是就有了《走出来的"熟人"》《安步当车》《走在记忆的街道》等文章，当然也会写一些具体的街巷——那些我熟悉的或者感兴趣的街巷，它们的过去，它们的风景，以及行走和生活在其中的人们。

初步统计了一下，我写合肥街巷的文章有二十多篇，如果加上街巷故事（包括"梅村记事"系列），那就要超过四十篇了。

最早的一篇是1999年6月写的《"自来水巷"》，写的是长江路与小马场巷之间的一条一百多米长的窄巷。这篇文章篇幅不大，但影响还是有一点的，并多次被人摘抄和"借用"。2000年，我写了第一篇有关长江路的文章《绿树·鲜花·广告》，对粗暴除去长江路的梧桐树及铺天盖地的广告提出自己的看法，这篇文章获了一个小奖，也有一定的影响。

2008年1月，我写了《有关金寨路的记忆》，后来收入《倾听合肥》里，一位电视台老导演看到后很是惊讶，感叹我能把一条看似很平常的路写得如此丰满生动。

接下来,我又写了四篇有关长江路的文章:《合肥长满青春痘》《沿着长江路往前走》《长江中路上的书店》《三孝口的东北角》,通过各种角度,关注和记录着这条著名的路。

2015年6月,我应约写了一篇《有关七桂塘的记忆》(后改名《七桂塘往事》)。这篇文字的命运和"自来水巷"大致相同,因为有记忆和感情在里面,所以别人如何"借用"都会有隔了一层的感觉,这也是没办法的事。

我真正比较集中写合肥的街巷,是2016年,因为要主编《合肥的小街小巷》。我在大量烦琐细致的征稿、审稿的同时,写了五条街巷,其中6月份就写了四篇,它们是15日写的《青弋江路的格调》、21日写的《撮造山巷上空的月亮》、24日写的《小马场巷的前世今生》、28日写的《一条路,曲曲弯弯》(红星路),7月,我又写了《走过黄屯老街》。这几条路,要么是我住过的地方,要么是我熟悉的地方,只有庐江的黄屯老街是刚刚去过的。当年12月,无意之中听父亲说起三孝口到省博之间那一段几百米的路以前叫横街,于是有了《横街的诱惑》。过往的记忆加上现在的感受,写起来有东西,别人读起来也不会感觉太空洞,所以,这几篇文章和《合肥的小街小巷》一样,都颇受欢迎。

这之后,陆陆续续又写了几篇,2017年7月的《后大街安庆路》,9月的《长江中路忧思录》,11月的《圈起一座城市的气韵》,2018年3月的《一条叫虞乡的路》。这几篇篇幅都比较长,风格也相似,有内容,有思考,还有会让一些人不开心的话。不过我感觉,如果只是回顾、描述和煽情,这样的文字的确是可有可无,或者说是一种浪费。如果你是真爱这座城市,那么你一定不能总是甜言蜜语地说好话,中肯的意见,有益的建议,是必须要有的。

熟悉合肥的人会发现,我写的街道里似乎缺少一些宽大并且很有影响力的大马路,这与我编写《合肥的小街小巷》有关系,当时感觉那些大马路名声大,写的人也多,不妨换一个思路,将着重点转向那些后街小巷,挖掘它们的历史,寻找它们的韵味,或许更好。

事实证明,我的思路是对的,《合肥的小街小巷》受到读者的普遍欢迎和赞誉。但是,受这个思路的限制,很长一段时间里,我一直自动屏蔽了那些大街道,造成作品整体上的不够全面。

其实,编写好《合肥的小街小巷》之后,我就在想,哪一天出版一本我自己的有关合肥街巷的书。正是因为有了这个想法,我才会陆续写出来之后的几篇文章,而且关注点也不仅仅局限于"小街小巷"。如今,这个想法已经成为一个图书选题了,我的大街道的写作自然也就列入了计划。

初步计划了一下,由七十多年前的前大街、东门大街、北门大街、南门大街演变过来的长江路、淮河路、宿州路、徽州大道自然是要写的,颇有韵味的芜湖路、庐江路也是要写的,我熟悉的桐城路、绩溪路、曙光路当然也会写,还有那条宽阔笔直的黄山路少不了多费些笔墨。其实我还想写几条奇葩的路:七扭八拐、从东到西绵延很远的路;被拦腰截断成几节,不能够一路到底的路。都有故事,都是风景。

这么稍稍地一琢磨,可写、应该写的路还真是不少,待交付了手里的几部书稿之后,空闲的时候,步行或者骑上共享单车,咱就走街串巷找感觉去。

2020.7

做应该做的事情，就对了
——周日三章

2020年11月15日，一个很寻常的周日，如果真要找出它不同寻常之处，那就是这是一个温暖的周日，虽然已经是冬季，但有春天的感觉，一些春花糊涂了，高高兴兴地开了。

周日原本是有一个场面比较大的活动，但是因为某些特殊原因被临时取消了，在我看来，这一天时间是捡来的，所以不准备安排任何事情，独自在家放松休整一下。

但是从我早晨睁开眼的那一刻，就注定这一天不会太清闲，而收到的第一条微信似乎为它确定了基调。

一位文友转发来《合肥日报》公众号上的《流光溢彩淮河路》，显然我这篇写淮河路的文字在经历了一些小小的周折之后，如期发出了。在这篇文章的最后，我写道："这是一条承载着这座城市烟火记忆的道路，也是一条充满欲望和温度的道路。而我们，或许可以在这条路上找到一些灵感和启发，找到一些时光的密码。"

拜望许有为老先生

拜望许有为老先生是计划中的事情,但昨天夜里才和萧寒确定今天上午一起过去,前提是早晨和老先生沟通一下,看看是否方便,毕竟老先生才出院不久。

我是在周四收到许老的微信,得知他"住院月余,虚弱不能行动",很是吃惊,赶紧问候,叙谈之后,了解到他已经出院,在家休养,方才稍微安心一些。许老说他想要一本当下比较有影响的诗集,担心我事多没时间,让我交给别人带给他。我自然是要亲自送去的,老先生今年九十四周岁了,住院一个多月,肯定是要去看望一下的。

我和萧寒在芜湖路会合后,一同骑车过去。我们沿芜湖路往东,过大钟楼(徽州大道)到达宁国路右转,10点钟准时到达许老家。相比较6月初,老先生身体要弱一些,走路时拄了拐杖,脸色不是太好,精神状态也有些低沉。我的心情不由得有些沉重。坐定之后,谈起话来,感觉老先生尽管语速要慢一些,但思维依然清晰,表达流畅,而且越往后越好,这种沉重又减轻不少。

许老用了不短的时间谈了"文化"这个话题,大文化、小文化以及它们之间的关系,而文化的研究,应该从正史、方志、谱牒和野史(包括个人的口述历史、回忆录)四个方面去寻找和研究,缺一不可。

自然还会谈合肥的地域文化,许老勉励我们要做老城文化的守护者,坚持不懈地做下去。许老对于萧寒一直坚持的田野调查和我近期的走街串巷给予充分肯定:"政屏的特点是与时俱进,对合肥有感情、有兴趣,然后付诸行动。"在周四的微信里,许老也勉励道:"政屏专门寻觅合肥小巷文章,读过了。兴趣盎然。"显然,老先生是看了我在《新安晚报》上发的那篇《在那些无名小巷里穿行》后,给予我的鼓励。

老先生在解释了"空谷之声""空谷幽兰"之后说:"你们来了我很高兴,因为我们有共同的东西。"

获赠图书一本,《庐州碑文百篇》,里面收录了许老十六篇碑文,涉及合肥环城公园、三国新城遗址公园、包公园、清风阁、吴山庙等名胜古迹,是一本了解和研究合肥地方文化的重要资料。许老在题签时写到"天涯若比邻",并解释说"咫尺天涯"。老先生的寂寞感,让我心里很不是滋味。

还有一件事很让我感动,许老把他收藏了五年多的我的一篇小文字的样报送给了我。这篇文字是 2015 年 2 月 14 日发表在《市场星报》副刊上的《"作""作古弄精"及其他》,老先生最近整理收藏的报纸时特地拿出来放在手边。

在许老的书架前平台上及周围一些地方,放着一些盒子、袋子,上面写着一些比较大的字,注明里面装的是什么,有些则是一些本地文化人的名字,应该是准备给他们的,老先生的细致周到让人敬佩。

许老的书房朝南,虽然拉着薄薄的窗帘,但阳光很好,书房里温暖如春,我的心里也是暖融融的。

探访改造后的撮造山巷

撮造山巷在改造,我是知道的。9 月 27 日逛淮河路时,拐进撮造山巷时,发现它正进行大规模的改造。那时候还看不出眉目来,只感觉铺地的石材很厚实,应该是投入不小。10 月 8 日逍遥津关闭整修时,我和妻子特地又去了一趟撮造山巷,似乎改观不大。两次看都是在它西头巷口,那儿一直处于收尾阶段,没有完全封闭,人来车往,施工难度不小。

对于老城改造、打造一类的事情,我一向比较惧怕,因为那种脱胎换骨式的改造,那种对一切推倒重来式的改造,最终会毁了那些有特色有故事的街巷。这样的案例已经不少,我们身边比比皆是,实在是让人痛心。

但对于撮造山巷,我却没有多少担忧:已经是面目全非、片瓦不存了,再改造,还会差到哪里去吗？所谓没有什么期望，也就没有什么失望。

早晨8时许，有一位微友要求加好友，通过之后才知道是夏老师。据她介绍，她先生凤元利在主持撮造山巷的改造工程，最近偶然得到我的《撮造山巷上空的月亮》这本书，通过马丽春老师找到我，没想到大家都是熟人，2016年3月26日，他们的女儿凤逸凡的《熊孩子日记》作品分享会，在三孝口书店举办，那次活动是合肥新华书店和《新安晚报》联合举办的"合肥新华书店·新安读书汇"（原名："周末七点档·新安读书沙龙"）。

"有缘人，终会重逢！"凤元利在微信里写道。的确，有缘人因为撮造山巷再次重逢。

我们在微信里商定，下午2点去即将竣工的撮造山巷看看。到达时，我第一印象就是变化很大，几乎处处都有改变，但又不是那种面目全非的感觉，风格上统一且不乏变化，在档次上全面提升的同时，又保持了原先的整体架构，路面之外，没有其他什么大拆大建。一些创意可谓大胆俏皮，但没有违和感。

总体感觉，原先那个简单粗糙、充满商业的喧嚣、有着浓厚烟火气息的巷子有了些特色和味道，不追求所谓的焕然一新，于细微处做起，不动声色地注入一些新的元素，形成一些亮点和风格。让人感觉处处都有变化，但又很难说出到底是在哪些地方改变了什么，这一点很不容易。

通过凤总的介绍，我才了解到因为疫情和超长雨季，工程断断续续近一年，其间经过一些反复，在与方方面面，尤其是居民和商户的协调沟通中，不断修改、返工，其中况味，可想而知。

据介绍，撮造山巷将于11月18日正式开街，之后还会有很多细致工作要做，而凤总联系我，也是想听听我的意见。我其实提不出什么有价值的建议，但我对这条巷子有感情，毕竟它是我们家族在合肥城里的第一个居住地，因此，我希望它能够在一些能工巧匠的手里，变得更加有个性、有内涵和有味道。

"学院派，工匠精神，务实作风，注重细节，自然能出精品。"

这是我回来后在微信里写的一句话。

在老城区走街串巷

今天全部活动都是和萧寒一起的,因为我们住的地方是一个方向,又都算是"健走一族",所以从撮造山巷往回时,全部步行。

出了撮造山巷西边巷口,萧寒提议过宿州路后走对面的巷子,显然他对那块地方比较熟悉,而我也正想在那边走走看看,相对来说,老城的北边我要陌生一些。

七扭八拐,我们在那些寂静的街巷里穿行,有时还会走到一些老旧的楼房之间,看一些老旧的东西。在这样一些地方,时间似乎慢了下来,一种明显的反差会让人有些不适应。

鲁班庙巷整修过了,看上去煞是整齐清爽,有点六尺巷的感觉,但是南侧墙面上的二十四孝浮雕(后来又在一处地方见到同样的一组)似乎有些问题,如果是有关鲁班和鲁班庙的介绍似乎更好。相对于清爽、干净和现代感,如果能够在老街巷里留下一些东西,哪怕是几棵老树、一段旧墙,都会让人有些不一样的感觉。

过阜阳路之后,我们又回到了淮河路。边走边聊时,忽然想起我曾经在老报社大院里上过几年班,便提议过去看看。进大院北门后往左,有一座拼色(记得以前是灰色)三层楼,应该属于苏式建筑,其中间楼顶部,嵌着"安徽日报"四个大字,一看就有年头了。20世纪80年代,这里是合肥市文教卫三个局的办公楼,文化局在三楼。我们走进大楼,地面和楼梯还是过去的磨花石,墙面上也还是过去比较时兴的绿色和白色涂料,只不过一切都是那么老旧。

老报社宿舍区大院真好,宽敞舒适,以至于我们徜徉许久,不想离开。萧寒则还记挂着曾经看到过的几块老石料,据说都是从李公祠里拆出来的。

李公祠遗址是合肥的一处重要文化地标,1901年李鸿章去世后,清廷特批在合肥和京、津、沪、宁等其任职之处修建了十座祠堂,合肥的李公祠就坐落在今天的六安路与安庆路交叉口的东北角。现在祠已不在,原址附近有一碑一墙,墙上的文字摘自萧寒几年前的网文,事先他并不知道。我们都感觉这种做法显然是不够严谨认真的。

我们走进不远处的一个宿舍区,看着被水泥封在地下和墙根的李公祠的老石料,不禁唏嘘,说不出究竟是什么滋味,很不好受。

过六安路,又去卫民巷,想象着当年卫衙大关是怎样的一种景象,而后大街(安庆路)和已经消失了的七弯巷又有怎样的故事。老城区最大的特点就是它会让你安静下来,如果你愿意走近它,倾听它的一砖一瓦一草一木传递出的信息,那么你一定会感受到一种气息和魅力,让你沉浸其中,舒缓而充实。

一棵很大的、果实累累的金橘树着实让人眼前一亮,一些老墙旧楼则让人有些恍惚,老城区的改造工程的确任重道远。

过四古巷,走桐城路(原南油坊巷),经赤阑桥(原桐城路桥),到达芜湖路。已近黄昏,街道上的行人脚步匆匆,萧寒要去超市买些吃的,我则想去食品店为父母买点点心,于是分手,结束这次一万多步的走街串巷。

想了一下,这一天的活动基本上都属于临时起意,但又同属于一个大主题:老城的文化和传承。有点巧合,更有些机缘,感觉有些东西在慢慢靠近,那是责任和义务,除了面对并且承担之外,别无选择。而听从内心的声音,做应该做的事情,就对了。

2020.11

街巷春秋

我写长江中路

合肥的长江中路原来叫长江路,因为其特殊的地理位置,长期以来它一直受到公众的广泛关注。而在我这儿又多了一些理由,我的出生地和童年少年期间的生活都在与它相连的小巷里,成人之后的工作地点则长期就在这条路上,因此我比别人更多一些地关注它也是在情理之中。

粗略地统计一下,十几年间我专门写长江中路的文字有六篇,涉及长江中路的文字自然更多。

《绿树·鲜花·广告》是我第一本散文随笔集《月明风清》的第一篇文章,写于2000年6月。记得这是一篇颇有些情绪同时又有着不少设想和建议的文字,当时还获得了《合肥晚报》主题征文奖。

在这篇文章里,我对长江路两旁粗壮茂密的梧桐树被无端砍伐,"长江路一下子让人眯了眼睛"表现出很大的不满,并针对"寸土寸金的长江路实在挤不出更多的土地和空间来植树种花"这样的观点,发出一系列的"为什么",同时还提出一些很具体的建议,比如见缝插针和立体式的绿化。

在文章的结尾部分,我写道:"到那个时候,人们漫步在长江路上,一定会有一种爽朗、舒畅的感觉。树的倩影与花的芳姿伴着清香迎接着你。乏了,树下驻足花前小憩,流动的人群与静态的景色都是那般的可亲,就连随意看来的广告都会觉得是一种享受。"

这篇文章是否发挥出什么作用我不知道,但是长江路一直在改变,并渐渐与我的设想靠近却也是不争的事实。顺乎市场和民意,逐步去除铺天盖地的广告,理性规划,精心设计,长江路重新变得舒适可亲。

八年后,合肥大拆违后大建设,长江路自然当仁不让,开始了记忆中最大规模的拓宽改造,长江中路一下子变成一个大工地。又是6月,我写了《合肥长满青春痘》。文章的开头,我写道:

> 每天上下班,都要经过四牌楼,最近一段时间,因为天桥拆了,沿徽州大道穿过四牌楼路口,行人要和汽车、摩托车、自行车挤在一起,这样的景象,是几十年没有过的了。我因此常常会有一种恍惚的感觉,感觉自己似乎不是在合肥的市中心,而是走在一条乡村集镇的马路上。

> 是的,长江中路越来越像一条偏远乡村的公路了,之所以用"偏远乡村"这个词,是因为在我看来,一般的乡村公路是绝对要比如今的长江中路要强得多。晴天是尘土飞扬,雨天是泥泞不堪,每日与之相对,感觉真是很糟糕。站在路口往两边看,一溜逼仄的土路上,出租车特别是公交车一个个像喝醉了酒似的,摇摇晃晃地开过来,又晃晃悠悠地开过去,看上去蛮可笑的。

接着,我列举了因为修路以及整个合肥的大建设给市民带来的种种不便,包括环境污染,少了很多绿水蓝天,出行不便,沿街生意受到影响等。但是我和大多数人一样,心态是平和甚至积极的,因此我写道:"我几乎没有听到过太过激的抱怨和特逆反的行为。人们都很清楚,因为修路,因为会有一个值得期待的明天,而这样的一个明天是他们早就想要的,所以,他们就像对待自己家里装修一样,尽管很烦很脏,但想着未来的清爽亮丽,一切都可以克服,一切都可以忍受。"

随后,我引出"青春痘"这个概念,因为"在我看来,如今的合肥就像一个正处于发育期的青年,脸上从开始的时候今天这儿冒出个青春痘,明天那儿又冒出个青春痘,到后来这个青春痘还没有消下去,那个青春痘又起来了,再到后来青春痘一个接着一个出现在脸上,合肥的这张脸上是长满了青春痘。长起来、消下去、再长起来、再消下去,一条条路在这样的一种演变中变得宽阔平坦,合肥这张原本瘦削苍白的脸变得光亮而丰润。现在,长江中路就像长在合肥这张脸正当中的青春痘,让合肥变得有些惨不忍睹。但有着以往的经验,市民们都相信这些有碍观瞻的青春痘一定会渐渐地消下去,最终会变得无影无踪,而合肥的这张脸,则一定会出落得更加俊朗大方"。

估计就是看了这篇文章之后,著名作家许春樵写出了以下一段文字:"如果没有对一座城市的文化自信和气质认同,政屏就不会对城市的转型期的无奈和困扰持以那样的宽容和体谅,他的许多想法和这座城市的市长是一样的,在我看来,政屏的主流立场不是一种政治选择,而是一种情感选择。"

2008年9月,长江中路终于要竣工了,行走其上,感慨不已,回忆起它的过去,以及我与它密不可分的关系,自然有很多话可说,于是我又写了《沿着长江路往前走》:"如今,我敢说,沿着长江中路往前走,几乎是任何一个合肥人也不会料到这条路会变成这番模样。经过三个多月的艰苦而紧张的施工,对于长江中路的改扩建工程就要结束了,天翻地覆、脱胎换骨、宽敞、大气的长江中路让人们一时难以适应,路边的大多数建筑也显得有些相形见绌,人们想象不出,工程全部结束后的长江中路会是个什么样子,随之而来的又会是一些怎样的变化,高速发展中的合肥已经把我们的想象力远远地甩在了后面。"

我还写过《长江中路上的书店》:"长江中路上的书店真是不少,连带交叉路口附近的,大大小小、五花八门,应该有十几家。加上那些开了一段时间后又关了的,就更多了。这不能说不是个很奇特的现象,特别是在不到一千米的距离内,分布着这个城市三家最大的书店,更是在全国也堪称是绝无仅有的。"

因为工作和兴趣,我比较关注和了解长江中路上的这些书店,写起来自然是有话可说,四牌楼新华书店,三孝口的科教书店,安徽图书城,如今回首,它们都有了太多的改变和故事，适当的时候，还可以再写一篇的。很多东西，不能忘记，也不应该忘记。

同年11月的某一天，我和儿子坐在三孝口的一家快餐店里，儿子在吃东西，我则朝着马路对面发呆，后来就有了《三孝口的东北角》。文章的开头，我写道："三孝口的东北角现在成了一片小树林，在那一块原本空出来的地方，几种不同品种的树木错落有致地立着，看上去有些怪怪的，像一件行为艺术品。闹市口的车水马龙和它的静谧与精致反差太大，让人不由得记起它的前身，甚至更早的时候。"

在这样一篇小角度的文章里，依然有我对这条路、这座城市建设和未来的思考与期待："未来的这块土地，想必是会有很大的改变。黄金般的地段，黄金般的发展时期，这个'三孝口的东北角'应该会和我们这个城市一样，有着一个值得高度期待的未来。至于那片小树林，我也有个比较另类的想法。那天，我从它旁边走过时，忽然想到：这片小树林应该属于临时的举措吧，既然这么用心地栽下了，不如就把它长久地留下来，让它成为这闹市口的一道独特的风景。而这，比起紧挨着路边盖一座高楼大厦，也许有更多一些风格和特色呢。"

当时我并没有想到，由于修地铁，近十年后，三孝口乃至长江中路再一次成为一个大工地。没办法，这座城市的每一次改变，似乎都少不了长江中路。这一回由于省委、省政府的搬离，长江中路面临又一次改变，它会怎样转型，又会面临哪些问题？我进行了实地考察，同时也做了一些思考，然后在2017年9月写下了《长江中路忧思录》。破败的现状，萧条的商业，老建筑的保护，对上一次改造的反思，以及长江中路问题深层次的原因，都有所涉及。

现在看来，那种大拆大建的模式既不科学也没必要，路并不是越宽越好，建筑也不是越现代时尚越好，长江中路在现有的情况下，没有必要再加宽，需要的是在慢车道、人行道上下点功夫，为此可以考虑适当缩小快车道，只有真正做到了快车、慢车和行人各行其道了，大家才能够快起来。

长江中路曾经有几个颇有特色的四岔路口，宿州路口、四牌楼、三孝口，如今有哪一个看得过去，拿得出手？还有老合肥人津津乐道的华侨饭店、淮上酒家、合肥饭店、长江饭店、张顺兴，现在都在哪里？变成了什么模样？老房子老字号是一条路乃至一座城市的特色和韵味之所在，我们不但要把一条路一座城建设好，也要把前人留下来的东西保护好，在这一点上我们已经错得太多，很多有意义有价值的建筑被很随意地拆除了，如今不能再这样干了，我们做的每一件事都要对得起前人，对得起良心。

如果说九年前我对于长江中路寄予了极大的热情和憧憬的话，那么今天的我则更多的是忧虑和思考……

深深的失望和忧虑，由此产生的愤激的情绪，以及一些不失理智的思考，引起了许多人的共鸣。大家纷纷转发、评论，长江中路也成为那段时间的公众热门话题。

如今，又有三年过去了，除了三孝口因为地铁5号线没有完工，还处于大工地状态，长江中路的建设已经全部完成，的确有不少的改变，注重了实用和舒适，但高端的配置，一定是花了很多的钱，只是商业似乎并没有恢复，车辆不少，行人寥寥。这样的局面，应该是有关部门没有想到的吧？市民的脚步就是民意，老百姓不愿意去的地方，你就是修得再好、再光鲜靓丽，又能怎样？

长江中路既像一块试金石，又像一道世纪难题，如何破解，需要智慧和诚心。

长江中路是一个常说常新的话题，今后它还会有怎样的变化和发展，是合肥人所关心的，有关长江中路的文章，估计还会有人去写。需要回顾，需要思考，更需要脚踏实地地去做，而这些对于长江中路来说，可谓当务之急。

2020.7

有关长江中路的几个画面

合肥的长江中路我已经写过不少了,在各种心境和情绪下写出的每篇文章自然都有它的特点,有时候甚至会弄出一点动静来。今天再写长江中路,我想换一个角度,写一写它的几个画面,或者说我人生的几个画面。

第一个画面是五十多年前的9月,清瘦的母亲抱着一个刚出生几天婴儿,走在回家的路上。路途并不远,从长江路(那时候还没有长江中路这一说)南边的妇幼保健院到路北边的四古巷。那时的长江路显得很宽,两边的苏式建筑显得很高。路上车不多人也不多,但比较前两年多了些生气。父亲不在家,祖母要照顾家里几个孩子,还有一大堆家务活,母亲着急回家,便自己办了手续,抱着孩子拎上不多的几件生活用品,离开医院。母亲的身体很弱,刚走出医院的大门就有些发虚,额头上有了细细的汗珠,但母亲是利索的人,她抱紧怀中的婴儿,急急地往前走着。迎面走来一位中年女子,见到母亲吃了一惊,一面赶紧接过孩子,一面低声责备着我母亲。她是我母亲学校里的同事,温和、坚韧,我感觉那一刻,她就是上苍和善良的化身,她所给予的温暖,我至今都能感受到。

那一天有风,风里有一种暗暗的寒气,但阳光很好,让人感觉到暖意。秋日的阳光下,母亲把我抱回了家,我人生中第一次出场,定格在长江路上。

第二个画面是四十多年前,那时候我的家在长江路的南边。我穿着白衬衣蓝裤子,戴着红领巾坐在长江路的路牙上,衬衣和裤子都很旧了,让我心里总是舒展不开,但我知道家里没有多余的钱为我买一件新衬衣和一条新裤子。我和同学们坐在一起,距离我不远处是一个用毛竹和松枝搭的彩门,上面有花花绿绿彩纸扎的花。我们在等待节日游行队伍的到来,我们很向往和行走在马路中间的人们一起激情昂扬地高呼口号。我们无聊地坐着,不时向东边张望,但我们不敢站起来眺望,老师管得很严,高声说话也不可以。街道两旁的建筑已经旧了,上面有大大小小的油漆的、张贴的标语,看上去像一个个将自己涂抹得很夸张的老妇人,自信而招摇。路边的梧桐树已经比较粗壮了,太阳从叶片中钻过来,看上去有些晃眼。

接下来不用说,我长大了,二十出头的岁数,骑着加重自行车,兴冲冲地往四牌楼的新华书店去。我要在那里上班了,真是开心得不得了,心里热烘烘的,头上冒着热气,想着总算是能去书店上班了。到底是喜欢卖书还是喜欢买书,我当时没有细想,或许感觉能够整天和整排整架的书在一起,就很好。极具历史意义的拆违改造还没有开始,长江路主路和人行道上挤满了急匆匆的行人和车辆,财富和梦想让几乎所有的人精神抖擞、脚步铿锵。粗壮的梧桐树已经没有了叶子,那些生动有力的树干像极了我那时的思想,只等着它们长出一片片脆嫩的叶子来。

梧桐树的叶子长出来落下去,一年又一年,直到它们被砍伐被连根挖走。路宽了,我却有些彷徨,从长江路上这个书店到那个书店再到第三个书店,我一直没有停下我的脚步,也没有停止我的思考。某一天,我停下来,看着有些单调的天,想着这年复一年的日子,是不是缺了点什么。我忽然有些害怕,感觉有种力量让我就这么一直往前走。我有点担心,我是不是像有些人那样,一直盯着先前的长江路后来的长江中路,一直没完没了地折腾?我是不是满足于日复一日的辛苦疲劳,以为这就是价值和意义?我发现我对自己太宽容乃至纵容,如那些小富即安的人一般,过着有点滋味有点光亮的日子就心满意足了,我很担心,再这样下去,我会自我感觉良好地对付了自己的好时光,然后在自己着迷沉醉的书堆里打起盹来。

最后一个画面是现在,我已经不再年轻,但长江中路却变得越发时尚靓丽。某个晚上，我骑着共享单车，慢慢地游走在长江中路上。我有些迷惘，我不知道，这路是越漂亮气派越好，还是越便捷实用越好，我有些糊涂，对于一些得与失，究竟应该怎样取舍才是合适的。

我知道一些虚名终究还是会失去，但自己是否真的看懂看透了它们；我知道一直走下去应该会有收获，但怎么走往哪里走却又是个问题；我知道人生的终点如同它的起点，但如何才能让它的果实比花惊艳。

我的思路其实有些混乱，自然也就不会有所谓的答案。我慢慢地转个弯，向着家的方向，用力地踩了几下脚踏。

2020.8

四古巷里故事多

　　四古巷在合肥老城的中心部位,据说有两百多年历史,但现在在那儿真是什么也看不到。一百四十多米长的巷子会有多少故事,不但别人会怀疑,我自己心里都会犯嘀咕。

　　这条一头连着长江中路(过去的前大街),一头连着安庆路(过去的后大街)的巷子之所以叫四古巷,据说是因为那个地方曾经有过四座古墓,但我对这个解释颇有些不满意,你说有什么不好,非要有四座古墓。我关心的是在发现四座古墓之前,它叫什么名字,估计也不是特别有来头特别响亮,否则也不会被"四古"轻而易举地取代了。还好,合肥人没那么不讲究,没叫"四古墓巷",不然真的要和北京的公主坟有得一拼了。

　　真正让四古巷出名的是杨振宁教授,这应该没有异议。1922年10月1日(农历八月十一),杨振宁出生在四古巷杨宅第五进东屋,并且在这里度过了他整个童年。1971年,当四十九岁的杨振宁终于在几十年后又一次回到合肥回到四古巷,已是物是人非,他的一个婶母还住在里面,据说派出所和街道的人事先过去察看时,把老人家吓得不轻。几年后,老人家去世了,再过几年,杨家宅子在旧城改造中被拆了。所以,有关杨先生每次回合肥都要到四古巷去看一看之说是不可信的。不过,杨振宁先生始终把合肥看作自己的故乡,始终关注着合肥的变化和发展是事实,而且一直如此。

杨先生获得了诺贝尔奖,是世界级的大名人,有关他的传记越来越多了,但随之而来的问题也是意料之中的,有一本很薄的书里在介绍杨振宁出生时,颇为文艺地写道:"安徽省合肥市肥西县三河镇一如既往的美丽安宁……镇里西大街四古巷杨家宅院,一个高高瘦瘦书生模样的男人背着手,在院中踱来踱去,神情极为紧张。"只能说作者胆子真大!凭空想象,硬是把四古巷从合肥搬到了肥西三河。另一本书里,杨先生的出生地没有写错,配图却出错了。这些不能不让我感觉到忧虑,误导和误解,导致这一系列错误的出现,长此以往,以讹传讹,后果堪忧。

如果说有关部门一点作为没有也不准确,这两年四古巷看得到的改变,就是在巷子的北口建了一个石牌坊,在巷子两侧的墙面上贴了几张杨先生的照片和一首杨先生的诗,还有两个相同的介绍牌,两边巷口一边一个。但是我想任何一个专程来此参观的人肯定都很不满足,因为这里既没有杨振宁故居,也没有杨先生生平事迹陈列馆,实在是过于马虎敷衍了。

关于四古巷,我曾经写过一篇《四古巷的家》,在我们家无安身之所时,在房产部门工作的大姑妈想办法为我们家在四古巷杨宅内租到一间房子,那里也是我人生第一个家。母亲带着我们兄弟住在四古巷的时候,遭遇了不少世态炎凉,也感受到了温暖。几十年后,一位当年的老邻居还特意联系上我,专程来看望我的老父母。

如今我时常还会从四古巷走过,每每总会忍不住要想,在如何对待四古巷这件事上,到底是哪里出了问题,而如果这些问题解决了,这座城市一定会比现在好上许多吧。

走过来一百四十多米,走过去一百四十多米,并不是太长的四古巷,值得很多人来走一走,看一看。

2020.8

庐江路的气息

在一个人的生命中,总会与那么几条街巷有着比较特殊的关系,对于我来说,庐江路应该算是其中的一条。如果说小马场巷与我的童年乃至少年时期关系密切的话,庐江路则是渐渐地融入我的童年、少年的记忆,并最终在少年时期关键的两年间成为我的陪伴者和见证者。

印象中庐江路似乎变化不大,多少年来总是这个样子,没有太多的车辆和行人,自然也就没有多少喧哗。仔细想想,它其实一直都在变化着,只不过没有那么轰轰烈烈、没完没了罢了。

比如它两边的平房渐渐被楼房取代,比如有段时间不走那里,就会发现人行道边添加了许多园林小品和可以坐下休息的地方。

最早有关庐江路的记忆,与祖母有关,每回从小马场巷的家去迥龙桥附近祖母的家,只要到了庐江路就快了,跨过不宽的马路,沿着一条靠墙的巷子向南大约一百米,祖母家就到了。那时候祖母家是青砖瓦房,庐江路两边也大多是这样的房子,路南侧从祖母家东边围墙开始,早已经是很大规模的单位宿舍区了,北侧则还保持着老旧民居的风格。

记得路北最西头靠近金寨路的地方,有一家烟酒店,在物质贫乏的年代,那里可是一个充满诱惑的地方。旁边有一个烤烧饼的我似乎写过,烧饼的香气和烤饼师傅青筋暴露的胳膊都给我留下了很深的印象。

　　1975年祖母家那块地方拆迁,我们家和不愿去老城外的人家换了房子,成为拆迁户,城外第一批房子已经分完了,我们家和祖母一起住进已经搬走了的人家的房子里。那是一排三间高大的瓦房,原来的主人显然曾经发达过。破败的房子并不好住,但能和祖母住到一起还是很开心的。原以为只是暂时住一段时间,没承想这一住就是两年多。上学时,我如果不从师范学校抄近路从小门进入学校,我就会沿着庐江路向东走几百米,到桐城路右转,再走一段不长的路到达学校。

　　或许是长大了一点的缘故,在庐江路那两年多的时间里,感觉遭遇的事情特别多,动荡的时局,国家的剧变,地震的恐惧,市井的悲喜,桩桩件件,记忆深刻。尤其是祖母的往事回忆,人生感悟,点点滴滴,至今难以忘怀。

　　民间特别排场的婚礼,让我看到一家之主的实力和能力;哭天抢地的丧事场面,让我体味到家庭亲情的价值意义。推杯换盏的酒桌之上,那种介乎利益与友情之间的关系;锱铢必较的喧腾背后,那些做人的基本底线和伦理道德的坍塌,直接影响了我的人生观和价值观。

　　庐江路西高东低,学骑自行车时,从西边上车,可以很便利地顺着坡势溜下去,那感觉挺刺激的。有一回光顾着刺激了,把一个中年男子撞了个四仰八叉,幸亏有熟人圆场,否则不知会引出多大麻烦呢。

　　那时候庐江路上有一些比较大的单位,有政府的宿舍区,还有军队的机关大院,院墙之内有比较规整的新式平房和楼房,走进这些院落你就会发现它少了一点什么,现在想来,那就是烟火气,或许就是这些因素构造了庐江路独特的气质。和市井保持着若即若离的距离,自然就会有一种别样的韵味。

　　当然也有意外,一家医院仿佛是要把这条路的烟火气全部补上,始终川流不息的人流演绎着人生最为无奈也最为重要的桥段,与疾病和衰老抗争,无疑是尘世间五味杂陈的大戏。

　　当你在医院里目睹或者经历过药到病除或者久病不治乃至最后的告别,回到庐江路,那块天,那些建筑,那条路,路上的人,仿佛都不一样了,那样一种改变,会让你感觉安稳平淡,也是一种生活。

庐江路上有酒店、酒吧和茶馆,也有快餐店、服装店和超市,无论是哪种生意,都能够安稳地做下去,但也都不会特别兴盛火爆。这或许就是后街的宿命,也成就了它的风格。

庐江路的两边是槐树,长得比较随意的那种,没有太多的枝干叶子,自然也就不会浓荫蔽日,这倒是与这条路的气息相一致。因此,太开心和太郁闷的时候都不适合行走在庐江路上,倒是如我这般散淡的人,在那儿随意地走着,兴许会和它很搭,走着走着,就相融成一幅老旧的画。

2020.8

我和桐城路的恩怨

  这篇文章名字有点标题党的感觉,与一条路会有多少恩怨可言?但我又想了一下,感觉没有错,我对于这样一条走了近五十年的路,的确是很有感情,也有很多故事,而对于它的抱怨也时常会有,"恩怨"二字挺合适的。

  小的时候,没觉得桐城路是条很窄的路,也不知道它的前身是南油坊巷,对于后来人们津津乐道的人文气息也没有多少感觉。但是我知道学校本部对面,有京剧团、黄梅剧团,我的不少同学都是剧团子弟,大了以后才知道有些同学的父母是很有名的戏剧作家和演员,而他们中一些人也成为戏剧工作者甚至名角。但他们和他们的父母与这条路有什么关系?我没有想清楚。

  后来我又发现这条路上的两所学校——八中和师范附小都挺有影响,里面有不少名师,更有总理、部长的校友,现在这两所学校的外墙上都有大型浮雕:桐城派人物,学校的历史,很有些特色。但他们与这条路又有什么关系?我没有想明白。

  再后来,这条路上的花店多了起来,一家接着一家,颇具规模和影响,估计由于房租和空间大小的原因,这些花店逐渐向南边挪移,但它们依然是这条路的特色之一。还有包括省文物总店在内的一些特色店面,它们和那些花店一样,即便生意很好,也不会摩肩接踵、人头攒动。还有一家藏在路边深处的小剧场,晚间会飘出悠扬的黄梅调。这些又会为这条路带来什么样的影响,我偶尔也会琢磨一下。

中学毕业后,我与桐城路的关系有些疏远,对此我并没有什么特别的感觉。的确,我们一生会走很多条路,而其中大多数我们都是没有感觉的。直到近二十年后我再一次频繁地走过桐城路的时候,我突然有一种很奇怪的感觉:时光流逝,有些东西过去了就过去了,有些东西会以另一种形式回归。还是那条路,还是那所学校,只是那个读书郎变成了我的儿子。对于人生,只是听别人说是不行的,一些东西需要时间,需要你自己去体味。

也就是那几年,老城区以内的那段桐城路进行了一次很大规模的拓宽,但是工程的拖拉,管理的无序,让居民苦不堪言,怨声载道,9月份开学后,依然是尘土漫天,行走艰难。这是我对桐城路的怨气第一次爆发,一篇《唉,桐城路》,算是一个记录吧。这样的事情,如果搁现在,我或许不会费力写什么文章的,看开,放下,一笑了之。

时光如流水一般,时而激荡,时而平缓,一个七年又一个七年过后,走在桐城路上的我,身上的压力减了许多又加了许多,不过那时的我即便是步履匆匆,也会放松心态,打量着这条我熟悉得不能再熟悉的路,和这路上的行人与场景,慢慢就会有所感有所收获,于是就有了2006年11月写的《走出来的"熟人"》,无论是总夹着个小黑包的中年男子,还是那个风风火火的饭店女老板,以及最让我牵挂的一对衰弱的老人,都是通过这篇文章记录下来的。在最后,我写道:"我和我走出来的'熟人'们,就这样每天各自走着自己的路,看似互不相干却又相互留意着,……我们早就是熟人了,虽然我们不曾说过一句话,但同在路上,彼此关注,感觉也挺特别的。"

第二年的10月,我又写了《走在记忆的街道》,因为我发现在桐城路上有我太多的老邻居、老同学和曾经的老师,我发现到了这个时候,这条路不仅仅只是我上班下班的必经之路,它已经融入我的生命中,成为必不可少的一道背景。

因为将桐城路看得很亲很近,就不免在一些事情上少了一些耐心和包容,这样的情绪在这几年显得尤为突出。

桐城路原先并不长,一环以南应该都是后来拓展的,路名也变成了桐城南路,而我因为搬家时常会从桐城南路走到桐城路,到达长江中路后再右转向东,因此我从来都将桐城路和桐城南路看作是一条路,于是从来都会说桐城路这样桐城路那样,比如很长一段时间里,我把桐城路称为"咯噔路",实际上我说的是从青弋江路到黄山路这一段。

所谓"咯噔路"是指它的自行车道与每一个大小横向路口都会出现一个不高不低的坎(一共有二十多个),经过时,会不时地"咯噔"一下,弄得人很不舒服。来来回回,每次经过时都会生气或者郁闷。后来终于要翻修了,北边从黄山路开始,"咯噔路"从此消失。

此番翻修速度快、质量高,但有一点让我很是疑惑,为什么不将原先的路面挖去,原先的地砖拉走,而是直接在原来的路面上加铺石子柏油,在原来的人行道上加铺水泥地砖,造成路面和人行道整体抬高,所有与横向街巷交叉口因此成为凹地,尽管路面平整流畅,但高一山低一凹地行走和骑行,着实有些滑稽。还有那路边的围墙和建筑,因此矮了一截,感觉怪怪的。于是我的怨气再度出现,我知道这不是桐城路的错,但我抱怨起来却还是桐城路。于是我明白了,一条路的好与不好,实际上大多都是外力造成的,而如果修路者和维护者都能够摒除杂念,专心专业一点,那么这些道路一定会好看一些,好走一些。

好了,不抱怨了,看看桐城路上的那些树吧,由于它们相对稳定长久一些,渐渐地形成自己的特色。老城区那段桐城路上的槐树很好,平和自然,黄山路以南新栽的楸树也很好,尤其是它的花,尽管不大,但满树满枝的,实在是有些惊艳。穿插在这两种树木之间的广玉兰和白杨树,因为其过于简单粗放,有些不招人待见,尤其是白杨,因其速生,成功支撑其一段路的浓荫,又因为其春天的花絮,被逐渐砍伐取代,有时想起,不免唏嘘。

桐城路到底有多长,也是困扰我的一个问题,相对来说,桐城路是比较直的,没有太多的大弯,相对于早期人为将不相干的两条路生拉硬拽成一条路,桐城路(包括桐城南路)没有浮夸掺假,但面对一条比一条长的道路,困扰真是不少。我不是矫情,而是真感觉有些不适应。

那一天,我骑着车,沿着桐城南路向南,想看一看这条路的最南端到底在哪里。跨过太湖路、望江路,一直到水阳江路,沿街基本上布满铺面,不乏人气,再向南就差了太多,因为修地铁,与南二环交叉口依然需要绕行,与龙图路交叉口依然是完全封闭,剩下的,只有依靠网络查询,到龙川路还有几百米,过了龙川路还有吗?估计要等到下回道路完全畅通之后才会知道。

往回走时,想着桐城路(包括桐城南路)北中南三段的区别,似乎不全在于建筑和人气,北段老路逐渐形成的风格和韵味,行走在路上的那些不凡的老者、有限的行人,都不是一时半会儿可以有的,没必要也不可能复制。从桐城路到桐城南路,或许可以看出这座城市的发展和变迁,可以发现老城区的魅力和新城区的特色,让我们生活的这座城市变得生动、多样而富有变化。

2020.9

中隐于市——曙光路

特地在早晨去了一趟曙光路,想看看那个时候曙光路的烟火气和傍晚时相比,哪个更多一些。或许是我稍微迟了一点,上班上学的高峰已经过去,曙光路冷清得出乎我的意料。自从街巷改造,取消路边摊点后,曙光路人流少了许多我是知道的,但一大早买菜的人这么少还是有些出乎我的意料。

我是从曙光路的南头开始我的行程的,由于深入机关宿舍区内部,南头这边一直是以吃为主题的,路西侧有一个大的室内菜场,菜场周围、路边及相连的巷道口都会有一些小店和摊位,卖着各种吃的及一些零碎生活用品。

记得街巷改造之前,家里那位喜欢到这里买一薄一厚两种大饼,据说时常还要排队。我印象最深的是端午节前从一个中年妇人手里买她包的粽子,不管是饼子还是粽子,自然是好吃的,不然我们也不会特地(或绕路)到那里去买。

曙光路上好吃的东西自然是很多的,吃过的也不止这两样,每回走过,都忍不住多看几眼,因此,如果要说曙光路的记忆索引,那么第一个词就是"吃"。

两百多米后,过了黄山路,曙光路就没有什么人了。左手边是一个小剧场,晚上没有演出时,门前的广场是大妈们的天堂,广场舞让冷清的剧场有了一些艺术的感觉,而聚集的人气则让剧场显得不那么死气沉沉。右手边是一所中学,铁栅栏围墙不仅让行人看得见学校里的草木、建筑、青春的身影,也催生出一种独特的生意,课间时间,墙内墙外,点单送餐,扫码付款,忙而不乱。因为这,正对着校园围墙的那些房子有好几家做小吃的。

吃的东西多了,曙光路的气味似乎都是香的,走过的时候,不免多嗅两下。不过在多年以前,人们对它的印象似乎不是这样的。那时候曙光路的中段有几家收废品的,马路上因此整天飘荡着一股酸腐的味道。曾经带儿子走过那里,有些洁癖的小子掩鼻而过,回来后直呼曙光路是垃圾一条街。就因为这,儿子极力反对我们在曙光路上的一个小区购买房子,当然还有其他原因,但如果曙光路的状况好一些的话,我们兴许就不会放弃那个我们十分中意的楼盘了。几年之后,我和儿子经过那里,看着那小区高大气派的大门说,如果不是你反对,没准我们就住在这里了。儿子说,那时候如果像现在这样,我也不会反对了。的确,此时的曙光路已经大变样了,那些散发着异味的废品收购站和店铺,以及整天叮叮当当响的修理店大多已搬走,街道整修一新,显出一种清洁秀气,犹如女大十八变。

这还不是最让人感觉意外的,七八年前岁末的一个晚上,和出版界的几个小年轻在三孝口吃饭,大家都喝了酒,散了的时候有人非要去唱歌,于是一帮人打了几辆车呼呼啦啦地往东南方向走。不一会儿就到了,下车的时候,我有些蒙,感觉是个好熟悉的地方。我问,是曙光路吗?是啊,曙光路。我没有再问,心里嘀咕:曙光路什么时候变成这般模样了?随着人流进入路边的一个小巷,只见到处是灯,到处是人,一派灯红酒绿的味道。领路者熟门熟路地把我们带到一个地方坐下,大家一边喝着啤酒和饮料,一边说着话。我感觉自己酒基本上醒了,四处走走看看,平房、小二楼,基本上都被用来做酒吧等休闲场所,吧台里似乎有不止一个外国人。

那天晚上大家很迟才散去。第二天似乎是双休日,我特地骑车又去了一次曙光路,那时我家已经搬到它的南边,距离很近。我再去曙光路无非是想证实一下自己昨天晚上的经历是不是真实的,而曙光路是不是真的就变成了我不认识的模样了。当我骑行到它的中段偏北的位置时,我看到了前一天晚上我到过的地方,只不过现在的它显得很安静,仿佛一个经历一夜喧闹的人正在酣睡补觉。

不错,是这儿,城中村挤挤挨挨连成一片的房子,如今居然变成了一个休闲娱乐的聚居地。真是太出乎意料了。

后来再从曙光路路过时,不免多看一眼那条巷子,发现那些时尚休闲的店铺慢慢扩展到街上来,巷子的左右及对面都新开了一些。店铺的名称和装潢风格走的都是另类、个性的路数,看起来颇有些意思。入夜,那儿的人气真是不得了,人多车多。再后来,有了名称:中隐于市。据说源自白居易的诗:"大隐住朝市,小隐入丘樊。丘樊太冷落,朝市太嚣喧。不如作中隐,隐在留司官。似出复似处,非忙亦非闲。"

曙光路渐渐火了起来,成为文艺时尚青年的打卡地,其规模及经营范围也呈持续蔓延扩散之势,据说周边店面及民房的租金因此涨了几番。

据资料介绍:"中隐于市涵盖了国际国内最前沿的主题商业文化,跨领域、跨地区、跨品种的餐饮文化,品质休闲文化等,并进行有机结合,以最佳比例在街区安置穿插,整体协调,迸发出别具特色、凸现文化底蕴与时尚的创意街区风情。"

我想如果中隐于市一直这么红火下去,势必会彻底改变曙光路的生态环境,最终成为这座城市一处旅游热点。如果,没有2020年开始的这场疫情。

那天晚上我又一次去曙光路,一千零一十米,从南到北,再从北到南,从寂静到安静,从安静到寂静,曙光路的夜晚让我感觉很意外,仿佛它从来就没有过那几年的繁盛,仿佛一切只是一场喧闹怪诞的梦。不过我总感觉,"中隐于市"这样源自草根的品牌应该会有很强的生命力的,熬过这一年,或许就会慢慢地活过来。

很多人靠着它生活,更多的人靠着它丰富充实生活,这理由,应该够了。

白居易《中隐》最后一段是:"人生处一世,其道难两全。贱即苦冻馁,贵则多忧患。唯此中隐士,致身吉且安。穷通与丰约,正在四者间。"

吉且安! 这条路,这座城市。

2020. 9

走马观花宿州路

总感觉对宿州路不是很了解，尽管我对它四湾那一带很熟悉，后来又经常行走在它的南段，从十字街到庐江路。最近几年则因为办公地点的改变，时常会出没于它的北端，但我还是感觉自己不是很熟悉了解这条路。

于是我决定从南到北走一遍宿州路。

过了白露，合肥的早晨已经有些清凉，骑着共享单车，十几分钟便到达环城公园南路，宿州路南端。宿州路从环城公园南路到庐江路这一段不过一百六十米，似乎也是后来由省立医院内部道路改为公共道路的。这段路的打通，不但可以缓解附近道路的压力，还使宿州路成为老城区唯一一条南北贯穿的道路。

宿州路与庐江路的交会口永远都是人流涌动，车水马龙。突围出来后会有一种松了一口气的感觉，路东边的商之都正在升旗，这么多年过去，它也算是老字号了。解放电影院更老，只是它的位置有些麻烦，或许哪一天就会被另一座建筑取代了。其实现在这座建筑也不算太久，原先的解放电影院似乎是苏式建筑，比现在这个有感觉。路西边原来的文联大院里正在施工，也不知道是整修还是改建，这样一个地方如果做得好，可以成为一处好景点，但现在看来不是这样。

到了与长江中路交叉口，立马感觉到差距，下一步会整修宿州路吗？或者在交叉口附近下点功夫、花点钱吗？估计一时半会儿做不了。

在这个路口的东南角,曾经有一个合肥饭店,它的大肉包子真是太出名了,许多人大老远过去,就是为了吃上一口。旁边的青年理发厅曾经也是一处时尚的地方,我也在那里理过发,不过好像没什么特别的感觉。

路口的西北角是邮政局大厦,那地方原先有一个邮电局大楼,没有这么高大。它及附近的邮票门市部,是我曾经经常去的地方,狂热地集邮,耗费了大量的精力和钞票。我时常在想,会有那么一天,这些付出以某种形式给我以回报吗?或者,已经陆陆续续在这样做了。懊悔没有用,曾经的人头攒动与今天的门庭冷落之间,有很大的思想空间,想通了,收获就有了。

长江中路到淮河路这一段,曾经有很多店面,茶庄、工艺品商店、报刊门市部,还有两个书店,外文书店、画册门市部。随着一座座高楼的崛起,它们慢慢地消失了,如今想起,也都是模模糊糊的。

如果说还有什么建筑是原来的模样,应该就是教堂了,在原有的建筑后面兴建同样风格的五层新建筑,新旧一体,既保留了原先的大门立面部分,又扩大了十几倍的使用面积,是一个很成功的案例。只可惜后来很少有这样做的。

宿州路与淮河路交叉口四周,也就是十字街,原先是没有什么高楼的,现在也是大变样了,不过人气一直很好。相比较而言,曾经规模很大很是喧闹的中菜市如同消失了一般。小时候,去中菜市买菜可是一件大事,平时很少过去的。

庐州烤鸭店人气一直火爆,盖楼、修路什么的对它似乎都没有什么影响,也是奇了,同样的烤鸭店,开在其他地方就没有这般气象,或许还是十字街的风水好吧。

写到这儿,我发现自己一直都在回忆和对比,仿佛一位老者故地重游。的确,对于这一段宿州路,我有太多的记忆,安静的时候,这些记忆会慢慢地浮上来,一幕幕地出现在脑海里。

过了十字街,就是老合肥的北门大街了,原来是通向北边唯一的城门拱辰门。我有些好奇,裁弯取直之后的宿州路有多少是在原来老街上面的。我小时候时常会去四湾巷的(外)姑奶奶家,也没有注意到哪一段路是原来的北门大街,只记得每次去都会有些好吃的,还会得到几元零花钱。老人家早年守寡,一直过得很苦很不容易,她对我很好,让我苍白寂寞的童年多了一些温暖和光亮。

总体来说,宿州路上的小店面还是比较多的,人行道也窄,这让整条宿州路显得有些旧,有种老街的感觉,行走其间,感觉步子可以放慢一些,心情可以放松一些,如果再买一包路边店里的小吃,基本上就能找到老城的那份悠闲。如果有时间,往风景很好的环城公园或者古朴幽静的逍遥津公园走,那你就会彻底放松下来。

往左往右还是向前,在于你那一刻的选择。

从十字街到环城公园北路,大约一千米的距离,再往北八百米左右就到了明光路,也就是宿州路的北边终点了。过了明光路,其实还是有路的,新修的,路幅也宽,但它却叫炉桥路,这让我很不明白,甚至有些气恼,因为这样给路起名字很容易引发误解,让人摸不着头脑。但是当我在附近转了两圈后,我发现,不是炉桥路阻断了宿州路北延,而是宿州路占了炉桥路的地盘,导致现在的炉桥路至少被分成两段。两条路并道这样的事真是有些麻烦,如果不能在合并的那一段路上标上两个路名,还不如把其中一条路的另一段换一个名字或者加一个字,以示区别。

世间的事往往就是这样,鸠占鹊巢,大家却都认为是鹊不对,但宿州路和炉桥路之间的这个问题责任不在于哪条路,在于人。如果我们前期能想得再周全一些,后续工作再妥善一些,所谓的问题也就不存在了。

宿州路结束得有些急,炉桥路开始得有些尴尬,我这走马看花也因此变得有些复杂辛苦。不过边走边看再动些脑子,或许是件好事。实际上有关宿州路的历史和故事很多,继续探研下去,自然还会有不少收获。只是这会儿,我想去一个地方,泡杯白茶,咂摸一下这一个小时的时光。

2020.9

行走在尘世的烟火间
——绩溪路印象

绩溪路的西头，对着安徽大学老校区的东门，这让它与别的路有些不同，有一股飘逸的书卷气。不过很快它就改了味道，一家又一家医疗机构，让它更像医疗一条街。路边的建筑大多是那种普普通通、没有什么特色的建筑，高楼不多，也没有华庭名苑，很简单也很实在的一条路。

与其他用本省地市县名命名的道路一样，绩溪路与绩溪似乎没有什么关联，自然也就没沾到绩溪什么光。其实我倒是挺希望绩溪路上有一些与绩溪有关的东西，人文历史，名流先哲，否则总感觉有些两不沾。

但凡居民小区多的地方，超市、小卖部、各种小店、大小饭店就多，医院和住院部在一起的地方，除了前面说的那些，还有大小旅店、花店、水果店。绩溪路上小区多，医院也多，尤其是安医一附院，是省内屈指可数的大医院，因此绩溪路的烟火气一向很浓。

人多自然车多，高峰的时候，堵得水泄不通是常事，后来改为由东向西的单行道，好了一些，开车的多绕点路，费点油也是正常的。很多时候，规则的制定和实施会起作用，也会付出或多或少的代价。

我其实很少走绩溪路，每次大多都是冲着安医一附院去的，陪人看病，或探视生病的亲友，因此心情基本上都是紧张的，有几次急匆匆赶过去，急诊室里到处都是病人和他们焦虑的亲友。不断开进开出的救护车，急急慌慌开过来的车子，跑过来的人，是绩溪路的常态，久了，也就习惯了，居民们空着手或者拎着东西走来走去，悠闲而从容。应该说，处变不惊是绩溪路居民的基本心态。

绩溪路也是外地人集中的地方，这些外地人不是那种有工作或有房子的新移民，而是陪护生病住院亲人的那个特殊群体，他们的总量基本稳定，但其中的组成部分时时变换着，每天都会有人离开，他们的亲人病好了，或者治疗告一段落，或者无药可治或者终于不治。每天都会有人到达，他们的亲人病了，或者需要继续治疗，或者慕名求医，一个人或者几个人，三五天头十天或者几周几个月，他们陪住在病房，人多时，或者租房，或者住店，一天二十四小时，他们生活的中心就是那个住院的病人，因此他们往往不修边幅，草草对付着一日三餐。急忙慌张与茫然无助的表情，让绩溪路的面孔多了一些灰暗沉闷。

原先的绩溪路从肥西路到金寨路，一千米多点，过了金寨路，一溜的小路，是菜市场，大家都习惯称它为安医菜市。菜市场规模不小，很多年里都是我们家几乎每天必去的地方，一日三餐荤的素的大多都是从那里买的。所谓向生活学习，我以为只要多跑几趟菜市场就可以了，风土人情、方言乡音、人情世故，都在里面了。

后来菜市拆了，修了和绩溪路差不多宽的路，五百多米，一直到曙光路。至于路名，依然是绩溪路。这一段新修的路西端，延续老路的风格，商店多，饭店也多，再往东，忽地安静下来，树木葱茏，多了几分沉稳、大气。黄昏时分，回首西望，发现绩溪路太像一个人的一生，走出校园，长长的一大段喧闹繁杂与尘世烟火，最后，安静下来，冷清下来，风轻云淡。

正这么想着，一辆白色的120急救车远远地拐进了老绩溪路东口，熙熙攘攘的人群水一般地分开再合上，某个人或许正处于生死关口，而更多的人却精力十足地奔波着。

一个老者也站住了,他有些瘦弱,精神却很好。只见他直起身来,循着声音往远处看着,许久低下头,自言自语了几句后,往北,继续他的蹒跚步伐。

　　内心有种异样的感觉:绩溪路太像一个古老的寓言,慢慢地回味,或许能够体会到一些什么。

2020.9

走在黄山路上

我曾经不止一次走完黄山路大约十千米的全程。

黄山路是我比较喜欢的一条路。喜欢一条路是不是一定会时常过去走一走看一看呢？那倒不一定。但是只要走在上面，就不会觉得麻木无趣，而是会感到亲切，会多看几眼。就像喜欢一个人，不一定要天天守在跟前，想到时有些许愉悦，见到时多几分开心，就甚好。

喜欢黄山路的原因很简单：宽敞、大气。这得益于它不在老城区，甚至不在一环之内，按照当时的观点，就是比较偏。同时还得益于它两次拓宽改造时，规划能够落实到位，必要时采取了铁腕手段。

20世纪80年代出版的《安徽省合肥市地名录》里有这样一段话："黄山路：以黄山得名。东起金寨路，西至东至路，……宽五米沥青路面。规划：东起青年路，西至环山东路。"金寨路到东至路大约三千米，在当时不算短，但五米的路幅着实太窄，即便在当时也就是个乡村公路的标准。

记得黄山路第一次改造完成后，大家都有些不适应，看不懂，双向四车道，中间是宽得让人意外的绿化带，称之为街心公园似乎也未尝不可。在这样宽宽的绿化带上，有一些简单的装点，也栽了不少树，因为还没成形，看上去有点怪怪的。

时间久了，感觉出来了，大面积绿化显现出它的魅力和特色，有了森林大道的感觉。而这样的感觉能够在城市里找到，不容易。

其实黄山路第二次改造时，我挺担心的，想着可别一下子变得光秃秃明亮亮的，刺目晃眼。我的担心并非多余，太多城市的太多的道路往往都是这样，无论是修路还是拓宽道路，首先就是拿大大小小的树木开刀，那些郁郁葱葱的树，尤其是那些有年头的大树，比较珍稀的名木老树，被砍去枝干移往他处，或者干脆一锯了之，着实让人心痛。幸运的是，黄山路没有这样，许多大树被尽可能地保留了下来，同时又新栽了不少树。"街心公园"没有了，绿色长廊却是越发出彩。

在这次改造中，最让人们津津乐道的，是主政者冒着一定的风险，毅然决然地爆破了拦在规划道路中间的一个硕大的违规建筑，而正是这样的一个大手笔，让黄山路成为一条宽阔笔直的大道。现在回头再看，主政者那样的决心和魄力真是很不简单，它不但载入黄山路的历史，也成为这座城市的一段佳话。

黄山路第二次改造完成之后，我才发现，它居然直通这座城市市区唯一的一座山——大蜀山。而在此之前，我一直以为到大蜀山去是一定要走长江中路和长江西路的，因为从我上小学开始，只要去大蜀山，一定是走当时的长江路和蜀山路。

站在大蜀山的半山平台回望，你会发现从这个角度看黄山路，有一种别样的感觉，震撼，肯定是的；大气，自然是的。不过在我看来，最特别的感觉是畅快，那种极目远望，一条大道一路向东的酣畅淋漓。

也许正是从那一刻开始，我爱上了黄山路。

我时常会在这条路上行走，边走边看，当作是一种享受。春天的时候，科大西区那块沿路围栏上的蔷薇花开得盛大而灿烂；秋天的时候，绿化隔离带上桂花的香气浓郁得让你感到沉醉而意外；而不管是烈日炎炎的夏天还是冰天雪地的冬天，绿色都会让你感到安心和平静，在这一年四季充满了绿色的道路上，你不会感觉到暑热的炙烤，也不会因为严寒而沮丧，有希望和安慰的日子永远不会让人烦闷不堪。

我不仅不止一次地走完黄山路全程，也曾经组织安徽图书城的员工沿着黄山路徒步走到大蜀山脚下。我会边走边看，也会边走边想，想这条路对于这座城市的市民来说,是一份很不错的福利,可以慢慢欣赏,慢慢享受。

写到这,忽然想到,黄山路其实算不得是一条地位显赫的路,在它的两边,几乎没有什么省市级的机构,也没有太多的商业密集的路口和街面,总体显得有些非主流。这自然与它的"前世"有关,偏离老城区比较远;也与它的"今生"有关,与政务新区有好一段距离。因此,黄山路不会太寂寞,但似乎也不会太繁华。

但黄山路上有学校,有不止一所的大学。

中科大在合肥最早的校区,现在应该叫老校区或者东校区了吧,它的大门不是特别高大,现在也已被当作文物一般保护起来了,因为它见证了中科大一段不平凡的历史。随着黄山路的改造完成,中科大校区直接扩到路边,并重新做了大门。虽然中科大现在有好几个校区好多个大门,同样面对黄山路开的还有其西区宽阔的大门,但在我眼里,这个朝着黄山路的简洁大气的大门才是中科大的正门。

很长时间里,只知道安徽大学有朝北开的正门,还有东门和西门,但不知道还有南门。忽然有一天我在黄山路上发现,安大不但有南门,而且开得很大,已然成为安徽大学的新大门。现在安徽大学已经有了更大的新校区,但我感觉老校区里有它独特的神韵和记忆。对于一所学校来说,这很重要。

黄山路上还有两所军事院校,陆军炮兵防空兵学院和国防科技大学合肥校区,虽然这两所学校的校名改了又改,但合肥人还是习惯地称它们为"炮院"和"电院",这或许可以成为判定一个人是新合肥人还是老(或较老)合肥人的一道填空题。

随着前几年黄山路东延,东端的合肥工业大学成为它的新成员,至此,这五所大学及包括合肥学院在内的几所院校让黄山路成为名副其实的学院路,而这,或许也正是黄山路不同于其他道路的原因所在。的确,很多事情很多时候就是这样,不需要刻意去寻找和制造,一座座学府传递出的气息已经成为黄山路独特的标签和味道。

是的,源源不断流淌在黄山路上的,是绵长而悠远的斯文。

2020.9

徽州大道：故事和风景

那时候……

那时候，老城不大，五平方千米。城中心的尚节楼街，从前大街到后大街，长不过二百多米；孝肃南街（小南门到前大街）和孝肃北街（前大街到东大街）也都不超过一千米；而孝肃南街又叫小南门街或者南门大街。

那时候，老城继续成为新政权的省会，1955年后，东大街最终改名淮河路，城外几百米的南郊公路最终改名为芜湖路，而淮河路到芜湖路之间这条南北向的道路被命名为徽州路，尚节楼街、孝肃南街、孝肃北街、小南门街、南门大街和黄山路（小南门至芜湖路）等路名都成了历史。

那时候，是1994年，政府想修路，但苦于资金短缺，于是当时如日中天的美菱集团出资赞助，徽州路并了二千多米长的青年路后，一路向南，直到骆岗机场附近。路修好了，名字也改成了美菱大道。在当时，这样的事情很正常，现在想来应该感到庆幸，合肥只是改了两条路名（另一条是阜阳路改为荣事达大道），而有的地方连城市的名字都改了。

那时候，是2006年，滨湖新区开始建设，徽州路（美菱大道）面临着又一次大的拓展，加宽加长，一直通到滨湖新区。路名又改了，不过也不叫徽州路了，而是更响亮一些的"徽州大道"。

然后，在我的心目中，徽州大道变得很长很长，以至于到现在我都不知道它的最南端在哪里。

不过这还没有完，2019年底的某一天，在庐江，文友指着一个牌子对我说，徽州大道以后要通到这里，我承认当时我有点蒙：徽州大道和庐江怎么会联系到一起？我有些想不明白。

想不明白就不去再想，不过有时晚上在徽州大道上散步的时候，还会疑惑它与庐江的关系。

写这篇文章时，特意在网上查了一下，还真有这回事，而且我居然还看到了一个"施工公告"牌的照片，很有可能就是我在庐江看到的那块，牌上清清楚楚地写着："徽州大道南延（庐江段）二标工程施工自2019年4月20日至2022年7月30日。"网上还有消息说由于徽州大道南延工程原来的设计方案需要经过国家基本农田，所以规划有所调整，绕过国家基本农田，并于宿松路南延工程合二为一。原先笔直的徽州大道因此变得弯弯曲曲了，但这并不能改变它安徽第一市政道路的地位，名称也不会改变。

查了一下徽州大道南延工程长度，近五十千米，其中庐江段二十九点五千米。那么加上现在的道路，岂不是要有六十千米！真是很有些意外。我又问了一下庐江的文友，证实的确是徽州大道南延到庐江，建成之后合肥到庐江只要半个多小时。

一条老城区的道路从一千二百米到六万米，这样的变化不是一般的大。我不知道它是一条城市道路，还是一条公路，因为你沿着徽州大道往南，走着走着就会出城了，再走下去，你又会到达另一个城区，当然它依然属于合肥，那么说它是一条市政道路还是没错。不过如果它按照传说的那样继续南延，到达另一座城市的某个县城，是不是就有些怪异？我说我在徽州大道上，那个县城的朋友说他也在徽州大道上,庐江的朋友说我也在徽州大道上啊,怎么办?

想了一下,其实也好办,道路宽广,大家各自开车,一会儿工夫也就聚到一起了。的确有些不可思议,但你不得不承认,也有些惊喜和欣慰。

这日子过得,过去的人想都不敢想。

秋天的银杏树,惊艳而纯粹

尽管徽州大道很长,以后还会更长,但我活动的范围一般超不出二环路。但是即便如此,徽州大道也比我之前熟悉的路段要长出太多,以至于有时候我会怀念那些稍微多走一会儿就能从一条路的这头走到那头的日子。

徽州大道从芜湖路开始,在路的两边种植银杏,然后一直向南延续。我想或许正是这些银杏树,让我对于后来延伸、拓宽的徽州大道没有那种陌生感。可见这行道树也是一种文化,而文化的认同最能够拉近彼此的距离。

银杏树让秋天的徽州大道变得鲜亮而气派,那正宗而高贵的黄色让人有一种震撼的感觉。我曾经在不少地方看到过让我难忘的银杏树,有几百年的巨大的银杏树,一棵树就是一道雄奇的风景;有古园里夹道的银杏树,无论是满树明黄还是落叶一地,都让人过目难忘;我还见过成片的银杏树,尽管还没有长得很高很大,但已经显现出不一般的气势。当然我见得最多的,还是近在咫尺的徽州大道的银杏树,两千多米的道路两旁,排列着五百多棵银杏树。它们,让有些萧瑟的深秋有了一些暖意,让日复一日车水马龙的徽州大道有了不一样的感觉。

银杏色彩最浓的时候,以及落叶最盛的时候,徽州大道会有不少专程赶来的市民,他们或者慢慢地走着看着,或者高举相机、手机对着银杏树左拍右拍,或者摆出各种姿态,让银杏树成为他们照片的背景,还有些人,什么也不做,在他们的眼里,这一切都是风景,都是回忆,都是岁月给予的安慰。

曾经有一段时间我每天都要经过徽州大道上下班,坐在车上或者步行时,偶尔会比较仔细地看那些银杏树,发现无论是树干的粗细高矮,还是树冠的大小形态,都有很大的差异。这些差异,有的是因为栽种时间先后不同,有的树已经高大丰硕了,有的树还是纤弱一枝;有的是因为栽种的地点不同,同样大小的树苗同一时间栽种,几年下来就拉开了距离,让人不免有些感慨。

银杏树叶变黄的时间也是差距很大的,当第一片黄叶在树枝上跳跃的时候,大多数银杏还是满枝碧绿;当大多数树叶都黄得晃眼的时候,还会有那么几棵不紧不慢,处于黄绿交织的状态。正因为如此,徽州大道上的银杏树"花期"很长,长得似乎都要到了冬天。

我之所以用"花期"这样的词,是因为银杏树的叶子真是不逊于那些在春天夏天里盛开的红的、粉的花,它不动声色地让自己的叶子在秋天里变成了花,惊艳而纯粹。

有时候晚上去徽州大道,看路灯下的银杏树各种色彩的变幻,竟看出一些妖娆来,如同那些不苟言笑、文雅正统的人进了歌厅舞池,沉入炫幻的光影里,也会生出几分风情和柔媚。于是,银杏树不再是白天里那般气势,它们放松下来,显出一些随意与亲和。对了,白日里的银杏树有那么点凛然的意味,而晚间,它们多了一些温情和可爱。可见,天黑下来以后,世间万物又是一番风韵。

这会儿刚过了秋分,再过些日子,就可以不时去徽州大道走走看看了。

2020.9

流光溢彩淮河路

上午，走在淮河路上，我在想，如果我是一个20世纪80年代离开合肥的人，今天再走淮河路，估计会感觉诧异甚至震惊，因为这条路几乎完全变了模样。

它的宽度和高度，它近似奢华的装饰，行走之上的那些年轻的面孔，无不显现出它的现代感和张力。

的确，明教寺还在，李府也还在，但恰恰是它们，会让人感到更为意外：它们似乎更像是空降在这条时尚而鲜亮的道路上的，与周围的一切显得那么不搭。

不过静下心来慢慢地边走边看，会发现这还是淮河路，那条似乎家家生意都很好，永远都人来人往的淮河路。无论是七十多年前的东大街，还是四十多年前的那条老旧的道路，淮河路总是商铺很多，生意很好，这与它以前临近河边的码头有关，也与这条路上赫赫有名的李鸿章家族有关。号称拥有东大街半边街的李家，几座大宅子连在一起，对于原先的东大街现在的淮河路的兴盛起着至关重要的作用，为淮河路聚拢了足够的人气和财气。

据资料介绍，截至2020年9月底，淮河路步行街共有一千五百个商户、十四家大型综合体，近四百个知名品牌，占据安徽省百分之九十奢侈品市场份额，而前一年的街区营业额达八十二亿，客流量达四千五百万人次。这样一组数据，从一个角度反映出淮河路的兴盛。

20世纪80年代,当我比较频繁地走过淮河路的时候,它远没有今天这般宽阔,路北是几乎连起来的高大的房子,有银行,也有商店,那应该都是李家的房子。有时候我会想,如果那些高大的房子以及它们后面那一排排的老房子一直都保留到今天,那么淮河路该是怎样的气场和影响?老街,商业街,应该会比今天更为红火更有特色。

其实,如果我是20世纪80年代离开合肥的,那么现在合肥哪一条街哪一块地方不会让我感觉非常诧异甚至震惊?这座城市的老城区经过太多的改变之后,还能够留下点什么,已经是值得庆幸了,何况淮河路依然还是那么繁华。

我特地留意了一下与淮河路相交的路口,在北含山路口,一阵清爽的风过来,吹散秋天的燥热,不由得多停留一会儿,歇歇脚,喘口气,心里有说不出的畅快。

我还不时钻进与之相邻的巷子里,看着它渐渐扩散开来的网点、铺面,保持活力,图谋发展,势必要拓展空间和影响,最终形成辐射型的商业街区。

实际上我一直在说的淮河路是指它从环城公园东路到宿州路这段,也是它的前身东大街的全部,总长度不到一千五百米。现在的淮河路自步行街一直向西延伸,蒙城路以西是淮河西路,终点是环城公园西路,如果将淮河路和淮河西路当作一条路,那么它就和长江中路一样,成为老城区东西贯通的道路。

淮河路与宿州路交叉口的十字街,从来就是商业鼎盛的地方,因此过了十字街的淮河路一下子就冷清了下来,实在让人有些意外(这样的感觉在晚间更为明显),其间的落差,好像一个悬念十足的故事,充满着疑问和玄机。其实淮河路没有那么复杂,特殊的街道构造和功能,公交枢纽站,封闭的道路,大量的车流,的确都不利于步行街的西延,但这些似乎又都不是理由,如果换一个思路,想一些办法,比如在与徽州大道和阜阳路的交叉口各建一个过街天桥,配以电动扶梯,那么这一段三百七十米的道路极有可能活跃起来,尤其是那个闲置多年的老市府广场,或许可以重新火爆起来。同时,富丽堂皇的江淮大戏院、大气厚重的老市政府大楼如果能够得到很好的利用,那么淮河路步行街的文化特色会得到进一步的加强,形成自己独特的风貌。

从边走边看到边走边想,着实有些可笑,而貌似关心爱护这座城市的人尤其会以他比较狭窄的角度去想一件事或一些事,而简单的思维,往往会让人感觉有趣。不过于我而言,想都想过了,不妨就说出来,出发点没问题,就不觉得底气不足。这么一琢磨,也就不再忐忑,继续往西走去。

阜阳路以西那段三百多米的淮河路,悠闲成为主调,其与六安路交口西北角的瑞园很好,很有味道。段家祠堂没办法恢复了,但仅存的这块空地得到了很好的处置,那棵一百二十多年的广玉兰得以存活简直就是一个奇迹,瑞园因此有了灵魂和温度。在这样一片开放性的园子里,人们可以休闲,也可以追寻过往的人与事,还有那些散漫慌乱的时光。当然,如果园子里再有一些有关老段(段祺瑞)和小段(段芝贵)的介绍,让人们明白为什么会说"老段不老,小段不小",段祺瑞又到底是怎样的一个人,那么这个不错的地方就会多些内涵和韵味,淮河路的气息也会因此更为深厚悠远。

其实商业从来就是淮河路主导,城隍庙的兴隆的生意一直延续到淮河路,六安路到蒙城路不到五百米的道路,因为这,同时因为第一人民医院的存在,显得格外地躁动不安。川流不息的车流,摩肩接踵的人流,呈现出与东边步行街不一样的场景,步行商业街的模式完全不适合这里。

与尘世烟火近距离的交集之后,淮河路还是会回归平淡和平静。不紧不慢地,它走向树木葱茏的环城西路。这时候的淮河路可以说是将所有的欲望和喧闹都甩在身后,所有的沉积和色彩都成为过往。因此我有些夸张地认为:走过淮河路全程的人才可以说个中滋味,就如同经历各种遭遇的人才可以谈人生一样,否则,就会片面,就会将一时一事的感受当作全部。

我想,如果要用一两句话评价流光溢彩、生机勃勃的淮河路,我会说,这是一条承载着这座城市烟火记忆的道路,也是一条充满欲望和温度的道路。而我们,或许可以在这条路上找到一些灵感和启发,找到一些时光的密码。

2020.9

芜湖路上的思绪

如果要问合肥的哪条路最有情调，或者说文艺范，估计很多人都会说是芜湖路，理由里一定会提到它的梧桐树，当然还会有它的整体的格调和韵味。因为这些，时不时的还会有人到芜湖路打打卡，走一走，看一看，拍一些照片发发朋友圈。

的确，芜湖路的梧桐树的确很有特色，几十年风风雨雨，能够保留到今天，不得不说是很幸运的。当其他道路的梧桐树被砍伐或者被修剪得面目全非移走的时候，它们居然毫发无损，的确是个奇迹。而这背后竟然是它的后街命运和一直以来的被忽视，这就有些讽刺意味，或者说哲学意味了。

芜湖路不短，从西头的金寨路到东端的明光路，三千米还多点，这个长度在过去绝对是数得上的。芜湖路不窄，20世纪50年代初的宽度是十三到三十米，后来似乎渐渐统一了宽度，应该在二十到三十米之间。不短也不窄的芜湖路由于不在老城区以内，地位有些尴尬，1949年之前它叫南郊公路，后来虽然城区扩大了，不再是郊区公路，也属于城市主干道了，但还是没受到多大重视。记忆中的芜湖路最热闹的时候就是在它东段的省体育场开大会时，从体育场到徽州路的那一段会摩肩接踵，人声鼎沸。平日里，人来人往，车来车去，例行公事一般，单调而苍白。很普通的一条路，很一般的路面，甚至连它路边的梧桐树叶都不招人待见，似乎它除了春天飘舞毛毛绒，秋天树叶落得到处都是，一无是处。

到了20世纪80年代,芜湖路都还是比较破旧的,第一次城市改造的大潮在它的周边及相交的几条路上激起一些浪花,而它一如既往地被冷落在那儿。如同一个不得志的人,冷眼看着其他人的热热闹闹、喜气洋洋。

人们时常会说命运,会说别人好运连连,什么好事都有份;说自己灰头土脸,幸运之神从来未曾眷顾过。但有的时候,或者把时间拉长一些看,结论或许就不太一样了。如果芜湖路每一次城市改造都如长江中路一般首当其冲,那么它还会是现在的模样吗?那些粗壮的梧桐树还会存在吗?和人一样,每一条路都会有它的命运关键点,2005年则是芜湖路最重要的时间节点。

在一些所谓"重要"的道路整修改造之后,芜湖路面临着拓宽升级,而梧桐树成为市民关注的焦点,而当政者能够顺应民意,最终决定最大限度地保留梧桐树,可谓芜湖路最幸运的时刻,于是一切都按照新的思路,芜湖路迎来它史无前例的高光时刻。

"精心规划,精心施工"是被一些人经常挂在嘴边的一句话,听多了,大家也就不拿它当真,但一件事如果真的能够"精心规划,精心施工",那的确是大不一样。改造竣工的芜湖路就是这样,无论是总体感觉,还是细节方面,都让人耳目一新。这时候人们忽然发现,芜湖路不仅仅运气好,而且基础也好,它建设之初有比较严格的建筑规划,也有拆除拓宽的余地,不至于伤筋动骨,所以它才会有相对富裕的慢车道和绿化隔离带,将总宽度增加到四十米左右。所以,芜湖路不仅让人感到欣喜,也给大家一些思考。

走在芜湖路上,时常会看见一些让你感觉意外的东西。比如,宽得可以横着停一辆小车的绿化隔离带,如今真的就划为停车位,而依然种植矮棵绿植的地方,看上去是那样的宽阔大气。

芜湖路的梧桐树可以说长得很任性,斜着歪着的可以,距离路面很低的也可以,为了保护它们,让它们有一个比较安全的生长环境,有关部门没少花功夫想办法。每每从它们身边走过的时候,我都会有些感慨,不是每一条路都会如此用心,不是每一棵行道树都会得到如此善待,芜湖路的梧桐树是幸运的。

据说芜湖路始建于1935年,算得上一条老路了,芜湖路上有包括包公祠、包公墓在内的包公园,有安徽省图书馆、安徽大剧院等重要的文化设施,但是芜湖路在2005年之后似乎没有能够保持很好的势头,继续在做精做细上下功夫,以至于又陷于慢慢冷清下来的状态。我不知道这是一条路的宿命,还是一些人思维方式、工作模式的宿命,对于一条路来说,这会是一种浪费,对于一些人来说,这就是一种失职和缺位。

抛去这些比较严肃的思考,静下心来打量一番芜湖路,想一想一年四季它什么时候最有感觉最好看。我发现夏天的芜湖路能够让人安静下来,因为它的梧桐树遮天蔽日,那样的呵护,仿佛来自一位慈祥的老者,宽厚而温和。相比较而言,春天的芜湖路会有一种清新和朝气,而冬天它那有些粗犷的交错的枝干则极像一个严肃的命题,让你不由得认真起来。于是,你们会说,知道了,秋天的芜湖路最美。

的确,秋天,特别是中秋之后,梧桐开始落叶的时候,芜湖路最精彩的华章因此拉开了序幕。秋风秋雨,黄叶飘零,应该是有些悲凉的,但此刻的芜湖路却让你感觉到了另一种力量,铺满一地的树叶传递出的不仅仅是一份失落和告别,还有一份启示:在应该离开的时候离开,自然也会在应该到来的时候再来,因此,落叶便不是一种消亡,而是生命的一种状态,生生不息,周而复始。

所以,秋天的芜湖路不会让我感到消沉,即便是风吹雨打、黄叶零落的时候,也是如此。甚至我会想到人生,想到一个人的一辈子,或者起起伏伏,或者平淡如水,只要有一股生气在,只要有自己的精气神,就很好。运气不总是会有,活着也不仅是为了运气,有些东西需要去找,有些东西需要等待,一切都在那里,一切都很真实。

2020.10

我家住在梅山路

其实我是应该说"我家曾住梅山路",但是我感觉"我家住在梅山路"更符合我的想法。的确,一个人如果和一条路太熟悉了,几十年一直和它朝夕相处,那么即便后来离开了,每一次再去,都会有一种重归故里的感觉,哪怕它改变了,不再是以前的面貌,依然如此。

对于我来说,梅山路就是这样。在我的感觉里,它不仅仅是一条路,更是一个坐标,一个符号,一个我生命中很重要的地方。

梅山路的资格很老,1955年合肥市政府命名的第一批二十八条道路里就有它,"自安徽农学院门口向南接德胜门外三叉(岔)口"。在此之前,它只是城外一条没有名字的小路,所以感觉有点突击提拔的意味。至于其中的原因,我想应该是因为在它由南北方向向东折转的地方,有一个安徽医学院,即现在的安徽医科大学。而它的东端,即后来的金寨路口,与芜湖路连通。原本的"三叉(岔)口",变成了十字路口。

因为有学校在那里,必须要有一条路,而梅山路则能够让安医的师生们向北到达蜀山路(今长江西路),向东到达金寨路,然后就可以乘车去市中心四牌楼和火车站。因为同样的原因,最早的公交路线中的一条曾经从梅山路绕行。

在某种意义上,梅山路和许多围绕在老城区以外的道路一样,极像城市生长扩张的年轮,有了它之后,环城马路的东南面渐渐被充实起来。而当那些既文质彬彬,又朝气蓬勃的年轻学子们行走在梅山路上的时候,这条路的气质就被逐步确定下来了。

安徽医学院的前身是创办于1926年的上海东南医学院,1949年内迁安徽,落户合肥,1952年改名为安徽医学院,1985年更名为安徽医科大学。在安医大西北方向不远处,后来又有了一所安徽中医学院,它的前身是1952年创立的安徽中医进修班(学校),2013年更名为安徽中医药大学。

在安徽医学院的东南面,修建了安医住院部和职工宿舍区,还有一部分教师和医生住在学院的斜对面。随着时间的推移,一个院校逐步扎下了根,向周围扩张着。后来梅路山边又有了一些其他单位,但道路状况一直没多大改变,20世纪80年代出版的《安徽省合肥市地名录》上的介绍是:"以金寨县梅山水库名得名,南起金寨路,北至蜀山路,长1940.9米,宽6—14米,黑色碎石路面。"这段话里的"南起金寨路"应该是"东起",蜀山路即现在的长江西路,关于它路况的描述,与我当时所见基本一致。

我最早到梅山路是1975年,跟在祖母后面去伯父家吃饭,从迥龙桥的家走到梅山路,祖孙俩一边说着话一边走着,柔和舒缓,一些家族往事,一些是非判断,就是在那些一来一往的路途上获得的。我时常会说起和祖母在一起的日子,虽然只有不到两年的时间,但从祖母那里听到的和感受到的,真是很多。对于十几岁的我来说,这是一种很好的滋养。

我们家是1977年搬到梅山路边一个新建小区的,当时周边也都在大兴土木,盖一些平房楼房,印象最深的是它的两边是明沟,北侧是高出路面两三米的大土坡,从路口往西渐渐低下来,路北边也比路面高出一米多,显然过去这里有一个岗头,被从中间挖断了。坡上面有一个蜿蜒的小路,沿着它往外走,到达梅山路与金寨路的交叉口的西北角,会很意外地发现一片不是很大的墓地,高高低低有几十座坟头,第一次走过的时候,有一种惊悚的感觉。

那些坟都没有墓碑,也很少有人来祭扫,因此便少了几分恐怖。时间久了,感觉那片坟地还真是不错,地势高,周围一圈树木,没有太多的杂草。天气好的时候,行走其间,坡下路上的喧闹与坡上的静谧形成鲜明的对比,有太阳的日子里,更是有几分田园风光的味道。现在回想起来,真是有些不可思议,那片土地如果能够一直保留到现在,没准还会成为时尚打卡地呢。

后来,梅山路扩建整修工程终于开始了,北坡又往后退了十几米,埋了下水管道,路面铺了沥青,两边也有了人行道,梅山路变得清爽正式起来。我们所住的小区,距离金寨路两百多米,路修好了之后,小区临街的地方盖了一排房子,房子的侧墙对着路面,一间间连在一起,人字形屋顶起起伏伏,颇有些感觉。很快,这些房子被买家租了出去,做起了饭店生意,竟然意外火爆。那时候已经有了安徽饭店,住店的外地人不少,每天中午,特别是晚上,小饭店里挤满了食客。

小饭店没有名字,以编号区别,从几号饭店到十几号饭店,倒也是方便。慢慢地,有些饭店更红火了一些,成了品牌,大家都争着去他们家吃,在店外等着翻台的也不少,本地人也往梅山路拥,一时间人气很旺。

那排房子里也有一两家烟酒店,主要是做饭店生意,那几年也挣了不少钱。附近甚至后面住宅里也做起了餐饮生意,嘈杂的人流和油烟、污水开始影响小区居民的生活。

吃多了吃腻了之后,风气转了,洗头屋渐渐兴起,最为过分的时候,沿街临时搭建了许多棚子,里面那些人的浓妆艳抹,让住户们不胜其扰、忧心忡忡。好在没过多久这样的局面一夜之间被摧毁,梅山路重又回归祥和平静的烟火生活。

真正让我对梅山路有了感觉,是在它第二次拓宽整修后,在原有的路面外边增加了慢车道,中间用绿化带隔开,整条路面显得清爽舒缓。尤其是它的西边折转后的南北方向那段六百米的道路上,宽阔的绿化带简直就是一景,徜徉其间,会有效地缓解那些前往中医院就医的人心里的灰暗和恐慌。

其实梅山路上有这么一家中医院,的确是一个福利,家人几次身体突发状况,都是送到那里后得到救治的。早些年用车太难,遇到事情基本上都是靠两条腿跑过去,如果路途远,会麻烦太多。

当然中医院的福利不仅仅是这些,它还是家里那位的工作单位,结婚后我便成为医院的职工家属,我和家人有个头痛脑热的,基本上都到那里去。在就医难的年代,这样的"福利"的确很实惠。同时,因为妻子的关系,我在医院里渐渐有了一些熟人和朋友,认识他们后,健康意识和卫生常识都有所提高,而当我们家庭成员遭遇重大凶险疾病时,他们的帮助和指导让我们少走了不少弯路,化险为夷。每每想到这些,我都会在内心里为自己感到庆幸,也会以一种感恩的心态去帮助那些处于危难中的人。

我们居住的小区并不大,七栋楼里还包括一个幼儿园,这些楼的属性很复杂,既有政府机关和学校的宿舍,也有从三孝口、迴龙桥等地拆迁过来的居民,还有像我们家这样通过调换房子搬过来的准拆迁户,可以说是来自城区的各个地方。才开始时的确有些不适应,渐渐熟悉之后,发现小区邻居中有"故事"和能耐的还真不少,转着弯认识的人也有不少,这时候你会发现,只要相互之间把握好一个尺度,大家还是能够和谐相处的。

父母亲喜欢散步,早早晚晚地,他们会沿着梅山路往西或者往东绕一个圈子。时间久了,小区的人都认识了他们,因为他们衣着讲究,神态安详,俨然成为小区一景。

后来,随着时间的推移,城市的发展,小区里有的人家搬走了,又有新的人家搬进来,老一辈老了,去世了,他们的孩子长大了,结婚成家有了孩子。再后来,有些人家搬走(或部分搬走)后,把房子租给了外地打工者,小区又变得复杂和动荡起来 2005 年前后,我写了一组"梅村记事",序篇的名字叫《让记忆有个落脚的地方》,后来这组文章收到我第二本书里,而这本书的书名就叫《让记忆有个落脚的地方》。

我就这么一直住在这样的小区里,毕业了,工作了,结婚了,有孩子了,孩子大了,孩子从读小学到高中毕业,一年又一年,如此整整三十三个年头。

我见证着梅山路一点点的变化和发展，梅山路也见证着我的一天天的日子和奔波，可以说，我生命中充满活力、最为鲜亮、最为艰难的日子都是在梅山路边度过的。虽然它不能给我什么具体的东西，甚至我在很长的一段时间内都在图谋如何尽快离开那里，但我对于梅山路的那种归属感，一天都没有改变。

的确，为了自己和家庭，我必须要有所改变。安逸的日子，苦难日子，都不能长久，久了，都会让人陷进去，逐渐失去意志和方向，所以我一定要行动起来。

关于梅山路的命运也是有很多话题的，比如它东西方向这一段一千多米的路段，曾经被改名为芜湖西路，尽管这样做有它合理的地方，但我心里一直拒绝承认，依然称它为梅山路。后来修建一环，所谓芜湖西路的西端被一环路夺了过去，梅山路彻底被分为三段：六百米左右的芜湖西路，四百多米的一环路，六百多米南北走向的梅山路。前几天骑车走了一趟芜湖路，在它的西端发现一个路牌，上面标着芜湖路在金寨路以西还有六百米的路段，也就是说，芜湖西路已经划归了芜湖路，我想这或许是梅山路东段最后的结局了。

不过在我的心里，梅山路还是那条长一千六百多米清爽舒缓的道路，有时间的时候，我还会从它的东头走到它的北端。我会告诉人们，一条路可以转一个直弯彻底改变它的走向，一个人也可以。

2020. 10

尘世烟火

2019·登山的痕迹

一

今天腊八,昨晚睡得太晚,今天起得太迟,早晨的粥就免了。直接吃了中饭,去看望老人家,然后乘车去大蜀山。

天气难得地好,登山的人不少,下午这拨我们算是早的,下山的时候才是人流高峰。

气温高,大衣和羽绒衫就穿不住了,因为前期伤风感冒的经历,心有余悸,不敢贸然脱去外衣,先是去了手套围巾,敞开衣襟。还是热,两个人只好脱了大衣和羽绒衫。

衣服抱在手里,渐渐就有了累赘之感。想来是自己有些眼皮子浅,平日里可是全仗着它们为自己遮风保暖。

不过三两日的好天气,山上已经有了些能够感受到的变化,虽然在它的背阴处还有些没化掉的积雪。想着不久就是春天了,即便还会有雪有霜,气温也会一天一天地升起来,心里松快了起来。

许久没有登山了,上山的时候有些不在状态,不过下山的时候步伐明显轻快很多,整个人也挺拔了起来,坡度大时,甚至还会往后仰着,有点趾高气扬的味道。那位说,这上下山的感觉真是太不一样了。我笑,说一个人无论是写东西还是做事情,如果感觉顺风顺水太轻松,没准就是在走下坡路。

就这么一路闲聊地到了园子里,地里的几种菜也是一派精神,肥力十足的花盆里的大棵白菜竟然让人想到"如花"一词。自然的魔力,你只要放松了身心,细细去感受,常常会有很多的惊喜和安慰的。

二

春节前从来就是事多,今天也不例外。上午有一场"政屏说书"活动,下午原本的安排是为老人家正在装修的房子安装开关插座,但是电工有事不能过来,这才临时决定去登山。

上回登山的时候是腊八,今天则是戊戌年最后一个节气——大寒。其实今天天气不错,气温也高,没有大寒应该有的那种阴冷萧瑟。

依然从南坡上山,一周过去了,山上似乎也没有多大变化,只是感觉山上的角角落落有一种无处不在的生机。不知道是果真如此,还是我这么想象的。或许两方面都有,毕竟自然规律是任何力量都不可以改变的。

与那位特地穿了休闲的棉袄和运动鞋,甩着双手上山,心里也觉得轻松。

下午3点多钟,正是上下山高峰期,人来人往,川流不息。两个人一路走,一路逗着小话,很快就适应了步步登高的状态。

闲下来的时候,偶然抬头,看见天空上太阳被一层薄雾遮挡着,呈现出一种柔和的暖色,不由得用手机拍了一张。又走了一会儿,天空变得清朗些,云朵也多了起来,靠近太阳的地方是由深到浅的橙黄,再远一点则是很干净的一朵一朵白云,很是养眼。

此时山下依然处于雾蒙蒙的状态,而山上的那块天空却是越来越明丽起来,一会儿是蓝蓝的底色上白云朵朵,一会儿是一派蔚蓝点缀三两团柔媚的纯白。当然,如果只是这样似乎很快也会倦乏的,但是有了树木则完全不同了。

那些落尽叶子的树木,像一幅幅剪影,把不断变幻的天空分割成一块块似乎有些零碎的色块,你稍稍地变换一下角度和位置,这些色块就会是另外一种状态,给你一种新的感觉,真是很神奇。

有时候我又会有种错觉,感觉那些很精神挺拔的枝干是铁画上的粗粗细细的线条,而天空则是它的背景和底色。于是,这山顶上的天空便是一幅巨大的画面,让你感叹,让你流连,让你不时将头抬得很高。

因为有了这些云朵和枝干,登山的过程变得格外愉快而富有诗意。谁又能想得到呢,大寒之日,会有这么一个颇为文艺而浪漫的邂逅。

三

傍晚时分,和那位决定去登山,天气太好了,不能辜负。

不是双休日,山上的人少了许多,许多带着孩子的都在往山下走,和我们一起往上走的多是一些年轻人,应该是附近的大学生,三三两两,一边走一边说着话,煞是悠闲。

也有些登山达人,身着紧身衣,外套短裤,腰系薄款棉衣或者外套,大步流星地不断地超越前面的人。我想,处于这种状态或许会有一种成就感或者自信吧?当然,首先他要在乎这种感觉。相比于那些邪门歪道、花拳绣腿,凭实力实现自己的目标,享受某种优越感,非但不会招人反感,还应该得到尊敬。

那位在一旁笑着说:今天碰不到熟人了吧?我也笑了:哪能每次都碰到?这个话题是我俩登山途中逗趣时常常会提到的,发起者是我,某次见山上有很多人上上下下,忽然来了一句,看看今天能不能遇到两个熟人。那位每次都是持否定态度,我则每次都信心满满。你别说,还真的有几次遇到了熟人,有我的同事和文友,也有那位的同事和朋友,每逢这个时候,我们总会有一种比较夸张的笑容,弄得别人有些稍稍的诧异。不过那位是个藏不住话的主儿,通常会把这个"典故"说出来,让两个人的开心变为几个或者更多人的。当然,肯定是遇不着熟人的时候居多,今年三次登山,也就第二次下山时遇到一位文友和她的妹妹,勉强算得上两个熟人。

前两次登山,一直在留意山上的变化,力求捕捉哪怕一丝一点的春的痕迹。这次在山上可算是有了一个惊喜:迎春花开了。因为太少太小,不留意观察还真看不出,相比于山下那些花成批成片地开放,三朵花儿,几个打苞的显得那样弱小、孤单,但恰恰是它们,明确无误地告诉我们:春天就要来了!

因为是在有些高度的山上,因为和街道、人群有一定的距离,山上的温度要低一些,这里的迎春花获取春天的信息迟一点,是很自然的事情。但是大的环境在改变,山上也一定会有改变,即便是北坡或者深山,也是如此。

这么一想,世间许多事情就可以想通了,就有了信心,有了一个不让自己悲观消极的理由。脆弱的时候,心灰意冷的时刻,我们且不去说雪莱那句著名的诗句,我们只要记住,山上的迎春花也是会开放的——只不过它要迟那么一点点时间罢了。

四

许久没有登大蜀山了,从初春到季秋,八个多月,现在看来仿佛一瞬。

今年的桂花开得太迟,这几天大家都说满城香甜的味道。太阳很好,天很蓝,那位说,好久没去大蜀山了,我说那就去一趟。

车子一路向西,阳光晃得人睁不开眼睛,下车时浑身暖暖的。

依旧是从南坡,只是不像以前一股劲往上爬,而是慢悠悠地顺着坡路上去,然后左转,走一条游人很少的路,边走边聊。夕阳仿佛在和我们玩着游戏,从这几棵树后面跑到那几棵树后面,一会儿又回转过来,再转个弯,它又到了我们的左手边。

路转,太阳的光线自然也在变,拍照的时候,一会儿如射光,一会儿又是侧光,照片便多了许多效果。

　　到了折返点往回,感觉意犹未尽,应该右转时,却左转往北去,于是一个坡接着一个坡,闲聊之余也就上去了。

　　决定从东门下山,走一条新修的鹅卵石路,整个人往后仰着,时而看看脚下,担心有什么闪失。忽然想,上坡时背是往前弓着的,下坡时背是往后仰着的,与人生有些相仿,趾高气扬时或许就有问题了。少许自得之后,我为自己这样的附会感到好笑:登山就是登山,有必要非得找出些所谓哲思妙语吗?凭空多了些累。

　　于是不再想,说着闲话逗着趣,很快也就到了山下。回头往上看,夕阳正在山那边将天上的云照得颇有些意味深长的模样,而我们刚走过的那个缓坡,很像一个拱桥,只不过开始的时候多出一段看似无用的弯路。

　　又想,我们走过的那些路,其实没有什么有用还是无用,都是经历,都是记忆,都是我们生命中或浅或深的年轮吧。

2019.1—2019.10

我在寿县有间房

为防止朋友们看见题目立马生发诸如"又买房啦!""真有钱!""真有劲!"之类的议论,首先解释一下,此房我既没有产权,也没有签订使用权,但我总感觉它就是我的一间房。

房子距离安丰塘十千米,在一条乡间公路边,房子前有大门厅,后有一个规整的院子。整座房子两开间,一楼有一厅两房,还有三小间,分别是厨房、杂物间和串房。

楼上有两间卧室,一间长宽相当,一间因为超长而面积特别大,我的房子就是这间。

房内目前有双门大衣橱、高低橱、双人床、床头柜、写字台和衣架,家具虽然样式老旧,但均为实木,看上去有模有样。我了解它们,知道它们来自什么地方,哪个家具厂,又是如何费了一些周折拉到合肥;我知道它们三十多年来搬了几个地方换过几个房间,"二线"了几年又部分闲置了几年;我还知道两天前是一辆双排座将它们拉到了这里。房子年轻的主人说,下回我到这里来,就住这间房。

于是我感觉自己又多了一间房,熟悉的家具熟悉的气息,不用说,一定会睡得很香。大环境是陌生的,关上门是亲切放松的,这不就是家的感觉吗?

没错,我在寿县有一间房,双休日或者闲暇的时候,开车,走县道,一路有花有树,景色宜人,两个小时就到了。如果着急,就走高速,可以少二十分钟。打开门,上楼,在宽敞的水房里洗手擦脸,然后开窗透气,收拾房间,然后,就可以躺在床上,打开一本书,看上几页,乏了,就睡他一会儿。若是几个人一起过去的,那就下楼,用新烧的开水泡上一杯茶,摆好桌子,打一会儿牌。如果还有闲人,那就到后院,摘一些长得很好又没有太老的蔬菜,午餐或者晚餐的菜就是它们了。

晚上,路上没有车了,四野一片寂静,和山里那个家很像。那就睡吧,没有干扰,也没有失眠,一觉就到了天亮。

有时候想想感觉挺好笑的,我们似乎并不是缺少一间房子,我们缺少的是一种心境,它可以让我们放下一些东西,安静下来,放松开来。生活中我们常常处于一种紧张焦虑的状态,这样的状态下,我们可以高效率地完成一些工作,做成一些事情,但不可避免也会让我们感觉到一种疲惫,久而久之便成为一种压力和心病。

我们时常会说逃离,实际上我们通常没办法逃离自己构造的那个圈子;我们也常说要放下,但是我们又何曾真的放得下我们迷恋的那些东西?所以,我们不是缺少一间房子、一个远方,我们缺少的是一种信念和主张,想通了,房子也有了,远方也有了。

我在寿县有间房,但愿在那间房子里,在那片土地上,还有一些我一直苦苦寻找的东西,包括我想到的和我没有想到的。

这样看来,在乡下有间房子还是挺不错的。

2019. 10

同　居

　　同居有多种解释：共同居住，同住的人，犹共处，夫妻共同生活，未婚而共居，未分家之亲属。但人们第一个想到的估计是未婚而共居。我这里写的则是第一种，如果你读着读着又想歪了或者感觉别扭，我也没办法。

　　过去出门住旅社，现在出门住酒店、宾馆，意思都是一样，找个地方睡一觉。简单生活期间，大家都没什么讲究，也不觉得什么不自在，现在的条件比过去要好得太多，但万变不离其宗，放松休整一下，睡一觉。

　　这次到外地开会，主办方说是标间，赶紧联系晚上才能到的夏君，刚开口他就明白了：我们住一间，其他人也不熟悉。于是当天晚上我们就同居一室了。

　　晚上11点关灯，一会儿都睡着了。再醒时，感觉吵，估计是附近工地施工夜里也没停，同时感觉右手和左臂有点痒，摸一摸，判断是被蚊子叮了几口，于是将被子盖到脖子，可一会儿又感觉热，只好掀了一部分，蚊子闻到气味，又来叮几口，如此再三，彻底醒了。

　　睡不着便瞎琢磨，不知道房间里一共有几只蚊子，如果是一只，它会不会先咬我几口再飞过去咬夏君几口？或者是两只，一蚊承包一人，当然也不排除偶尔交换场地，换个口味。那么这是不是意味着我和夏君有了某种意义上的"肌肤之亲"？十几年前因为出书，和夏君在一段时间里每天晚餐后都会煲上几十分钟的电话粥，加之两人生日相近,外套和手机相同,被某快人快语的女作家讥笑有断袖之嫌,这回算是坐实了。这么一想不觉笑了,心里也松快一些。

又想到年轻的时候,大多数是两三个或者一批人出去玩,一天下来倒头就睡,没什么特别的感觉。

第一次和一个陌生人同居一室,是二十多年前,那时候狂爱集邮,因为想在第二天一个纪念日盖邮戳寄实寄封,一行人走了,留下我一个人代办一下。那时候没有单人间,也不舍得包一个标间,那就势必要和一个不知道什么人在一起住一晚上,心里自然有些忐忑。

晚上9点多,那个人来了,岁数应该没我大,但个头不小,山东费县人,独自出差,应该是和客户一起喝的酒,脸上红红的,人也兴奋,话不少,聊着聊着,人也放松一些。不过还是有一点戒备,盘算着一定要在他之后睡觉,第二天早晨在他之前醒来。结果,他还没完全平静下来,我睡着了,等到我一觉醒来他已经走了,看看口袋,再看看包,钱包在,东西也在,松了口气。后来听到一些对陌生同居室友下手谋财害命的案例,更感庆幸。

后来出去开会,时常会和一些不认识的同行住一个房间,三言两语熟了,也就没什么不自在。时间久了,也慢慢有了一些感受和经验:虽然都是随机配对,虽然只是一两天最多三五天的时间,但是遇到什么样的同居室友,还是很有讲究的。性格、爱好完全不对路,彼此都尴尬;遇到一个沉默寡言的人,难免无趣;如果遇到一位过于健谈者,也很麻烦。几年前在武大学习,同居室友来自南方,话多且快,尽管我全神贯注,还是不能完全理解,为此弄得很累。

有时也会遇到特殊的同居室友,比如打呼磨牙者,比如生活随意者。有一次和一位小车司机住一个房间,因为事先有所了解,知道他一呼能惊醒全房间的人,然后整夜难眠这样的事情,所以难免心有余悸。那一天他又喝了一些酒,打呼是否会更甚一级,心里没底。没承想他很兴奋,开着手机不停地唱歌,然后让我猜歌名,最后我太累了,一歪头睡着了。半夜也听到他颇有气势的鼾声,但因为实在太困,翻个身又睡了。现在想来,有些折磨人的唱歌猜歌名或许是他的一个策略,太累了,雷都打不醒,他的鼾声自然也就造成困扰。

　　某一天,家里那位对我说:"你也开始打呼了,酒后尤甚。"自此多了一个心病,每次与人同居一室前,都会说明我或许会打呼,酒后更是要郑重说明。睡下时格外注意睡姿和枕头高低,次日早晨则会小心翼翼地问室友,晚上是否吵着他了,大多数室友都会宽容笑道:"你睡得很好。"弄得我心里甚为不安。

　　之后再出去都尽量要求住单间,或者包一个标间,哪怕是个人花钱都可以。偶尔与人同居一室,还是内心惴惴。

　　忽然想起前不久在附近县里开会,与一位熟识的老师分在一个房间,那天傍晚,老师犹豫、纠结好一会儿,说:"我开车了,还是回家去睡。"为此我因自责辗转难眠,忽然想,没准老师也是打鼾爱好者,一呼也能惊醒同居者呢,由此不觉笑出声来,酣然入睡。

2019.10

庚子年散记七则

3月3日

　　昨天给老父母送菜时,遇到一个问题,别人是先出后进,我是先进后出,如果进小区时在出入证上画了圈,就出不来了。问了社区领导,答复说可以特事特办,于是在出入证上注明,再到办公室盖章,这事才算搞定。虽然政策放宽了,但小区只改为一户一天只能出去一次,不过对于特殊情况有人性化操作,必须点个赞。

　　有人说一个人每周要吃二十五种食物,虽然感觉有些可笑,但也不一定没有道理,各种营养都得有一点,而这正是现在许多家庭的问题,时间久了,人也疲了,每天对付着弄两样菜吃。但老人和体弱者不行,时间久了会出问题,年轻人消耗大,又要上班,也得吃好。于是做出改变,昨天一个菜六种原料,今天到超市买了十几种菜。

　　买了两条鳊鱼,特别鲜活的那种,回来烧好让儿子给爷爷奶奶送去。正在网上畅游的儿子二话不说,起身换衣服。又收拾了一大包菜让他带着,那位提醒忘了带苹果,我说太重了,明天再送吧,儿子说带着,于是拎着三个包出门了。那位很欣慰地说:只要是爷爷奶奶的事,从来都是二话不说。嗯,这个"快递小哥"还不错。

下午联系好去理发，理发室原本在路边，现在给围起来了，得登记、测温才能过去。理发室生意不好，但房租还得一分不少地交。我问不是说可以要求减免一些吗？理发师笑：那是公家，我这儿一分钱也不给减，想将一季度的房钱微信转账过去，房主还找我要几元钱提现费用。我诧异，真有这样的人啊？这边一分钱没少，那边自己租出去的房子却要求减四百元房租，房客的理由是他回老家了，好多天没住。理发师虽然搞不清楚具体情况，还是同意减免。"只当是没租出去。"理发师这个心态好！

和儿子一起理好发往回走时，见立交桥附近的大酒店门口摆了一张桌子，上面有几样配好的菜，现点现烧。看着几位推销员，应该都是做行政管理的，不是非常时期，她们怎可能会为这么点小生意站在街头？于是订了一个酸菜鱼，大家都不容易，也算是小小支持一下。晚上吃的时候，感觉口味的确不错。

昨天又看到失踪了好几天的猫，还是那样好玩，今天发现又有一个年轻人喂它，当年轻人轻摇手中食盒时，猫咪想过去又有点犹豫，频频回头的为难劲头，煞是有趣。其实这猫还是老实了，多一个人投食是好事，没有必要想太多。据年轻人说，他才喂两天，自己家里有两只猫。他也认为这猫是被遗弃的家猫，不怕人。另外，前几日发现它昂头要食物时的表情好玩，今天拍到了。

朋友圈里春光好，待在家里只能望梅止渴，想去乡下踏踏青，想到山里透透气，还有，想知道那些可以在一起聊天和玩耍的朋友，经过这一段时间憋屈，也不知道都成什么样了？

3月5日

这两天忙着熟悉非常时期的各种文字和表达形式，结果，晚上炒了一个菜之后，发现：饭、还、没、有、煮。

其实今天我才想好了，现在找工作不容易，还是要好好干，人家想吃什么咱就做什么。这不,今天按要求炒了大蒜山芋丝,刀工不行,一边炒一边把太粗的都拣吃了。

送老人家那边的,上周二是红烧鳊鱼,周三是米粉肉,周四儿子给老人家送的肯德基,周五是红烧鲈鱼,周日是香菇烧肉。本周开始,事情多了起来,今天又是米粉肉,明天送什么呢?我来想想。

各种蔬菜:大白菜、上海青、四月慢、小青菜、生菜、莜麦菜、芹菜、西蓝花、白萝卜、胡萝卜、辣椒、土豆、洋葱、茄子、大蒜,还有不要钱的油菜,还有各种豆制品,各种菇子木耳,每天就这么转着买、转着做,单炒、混在一起炒,时间长了,难免有点晕。

有的时候也会烧点酒酿元宵、下点饺子或者面条对付一顿。不对付又能怎么办?没有什么外卖,又不能去饭店吃,只能对付啊。

我想过了,等到疫情结束了,还是找个其他事,这做饭的活儿真不照,估计吃饭的也是伤得够够的,碍着面子没说罢了,呵呵。

"囧"字原义是光明,现在则多了"郁闷、悲伤、无奈"的意思,我感觉似乎还不准确,应该还有"尴尬"的意思,或许,尴尬了,就会"郁闷、悲伤、无奈"?或许就是这回事。

凡事若是尴尬了,就不好办,有些下不了台的感觉。

第二天,正式将清蒸鲈鱼列入懒厨菜单。理由:简单易操作,没有油烟,只要原料新鲜,调料放到位,一定会大受欢迎。

今天买了两条鲈鱼,两位老人和一位准老人(二哥)吃一条,自家三个人吃一条,都是好评!

发现一个规律:一个懒厨周围一定会有一群不太讲究的食客。开心!

3月18日

今天有几件事值得记一下。

快中午时,和儿子一起出门,小区保安已经不看出入证了,进小区时测量体温也基本上走走形式,我和儿子笑:疲了,不过也该差不多了。

出门有两件事:一是去超市买一种我们感觉不错的速冻水饺,一包二十个,选了荠菜肉和韭菜肉的,放进带去的保温包里。然后去老父母住的小区,到呆萝卜拿菜。进门的时候让儿子拿证,我也准备登记一下,不料也不是太紧,就这么进去了,有点蒙混过关的感觉。

天太热了,冒汗,没劲。儿子说:我去给爹爹奶奶送东西,你在这里等我。我说好,心想被照顾的感觉不错。

担心儿子叫不开门,给老妈打了电话,然后等,等了许久,正要给儿子打电话问问,儿子来了,面色有些凝重,说奶奶跌倒了,搞了半天才扶起来。脑子嗡的一声,赶紧问现在怎么样了。儿子说,奶奶说还好。我对儿子说:你把东西带着先回家,我上去看看。

急匆匆过去,上到四楼,用钥匙开的门,见母亲坐在那儿,面色平静,心里稍稍安定了些。问情况,母亲说她起身去拿报纸时腿一软,跪跌下去的。赶紧摸着老人家的双膝,问她疼不疼,又让她试试可能站起来。万幸,一切都好,真的没有问题。

今天是老父亲去厨房炒菜,跟在后面拍了一张背影,心里又小小感动一下。忽然想起刚才送的水饺、肉馅等东西,其中肉馅需要分一下,不然一整盒冻上了就麻烦了。一边做着,一边陪老人家说着闲话,说快了,再坚持几天就好了。谁承想,话音未落,还真的就解除管控了,真是太好了!

近四十天的管控,让所有人记忆深刻,重获自由的现在,还是过去的我们吗?应该不是了,各种改变,或许自己都没有意识到。

今天听到几件事,见识了几篇奇文,加上各种联想,感觉复杂,总体印象是:这世界什么人都有,不要悲观,更不能盲目乐观。还有就是,有才华的人、高人真是不少,而他们正是我们可以不那么悲观的理由。

但愿从今天开始,一切都会好一些,再好一些。向善或许不能全做到,那么是否可以不要有那么多的邪恶、怪诞、心机和贪婪呢？

呵呵,这话说得估计会让人笑话,还是洗洗睡吧,天一亮就是另一个世界了。

3月29日

前天落雨降温,昨天居然阳光灿烂,去喜马拉雅做了一场直播,时间短,内容多,又是说作文,自我感觉表现一般。

其实有话想说,但在直播里不合适。感觉在作文这件事上,老师和家长都不能太急,不能只盯着分数,让孩子放松下来,找对方法,自然能写好。一个模式,一种语调,真的很不好。疫情期间,大家有很多的时间,可以静下心来想一想,我们的日子,我们的孩子,还有他们的作文。

昨天晚上天气又转阴雨,和那位出去散步,顺便办一点事。出小区门后,看见一男子站在冷风中,身后是一辆电动车,前面把手上挂着塑料袋,里面有几种花,车后座上有一个筐,里面有几样包扎花的玻璃纸、丝带等东西。见我们走过去,那男子有些尴尬,眼神飘离开来。我和那位说,一定是生意不好,到小区门口来试试,要不我们买几枝吧。那位说估计是的,大家都不容易,买几枝。然后我们又犹豫:现在买,意味着我们要把花带着;回来买,他是否会走了？最后决定快去快回。路上,我们一直在说这个卖花的男子,我说看他不过三十多岁,一定是老婆逼着他出来的,或者夫妻俩兵分两路,花不耐放,压在店里看着着急。那位说是啊,只是现在大家哪有心思买花?

说着话到了小路尽头,往右拐时,一个男子正将路边一辆面包车的后门掀开,里面摆着三四个装满草莓的大篮子,不用说,是要卖的。那男子四十岁左右,长得精干,见我看他,脸上露出矜持的表情。我对那位说,又是一个被逼出来的男人。那位没注意,回头看了看说:这男人也是,见到我们也不吆喝一声,我们赶紧去把事办了,回来买一点。我笑,没做过,磨不开面子。

也不过十来分钟时间,我们办完事往回走,老远望去,面包车似乎不在了,走到跟前,果然是开走了。后悔,刚才应该和他说一声,让他等一下。

两个人加快脚步,边走边说,那卖花的男子不会也走了吧?现在才8点多钟。不想,还真的是走了,估计一笔生意也没做成。

又是懊悔,应该提前和他说一声。回到家里,还在说着这事,感觉亏欠了他们似的。

今天早晨去周谷堆拿年前买的几样东西。阴雨,清冷,市场内人迹寥寥,快9点了,才有几处刚刚摆开图书和杂物,周边的店面大多是锁着的。往回走的时候,我在想,这样的情形或许还要持续一段时间,在这里找生活的那些人心里该是多么没着没落。

晚上没胃口,下了碗面,两种面条混在一起,看上去有点怪怪的。忽然想起多年前在意大利吃面的事,那是在一个服务区,吃了几天面包和中式简餐的一行人一下子见到有意大利面,开心坏了,基本上每个人都买了一碗,不料端到手时发现面条上面居然撒了奶酪。过一会儿一个山东大汉捂着肚子对我说他想吐,那时候我正吃着类似现烤的肉夹馍,见他那惨样,赶紧把家里那位让我带着路上吃的点心递给他。

这几天天天晚上关注世界疫情,天天关注着意大利、西班牙、美国、德国等疫情严重的国家,心惊肉跳地看着数据不断往上涨。确诊病例的增加意味着不堪重负的医疗机构雪上加霜,而一个个死亡病例背后都是一个个家庭和整个社会的悲剧,这个世界有超过两百个国家,正在经历着一场劫难。

4月8日

傍晚和那位出去,又看到有人在卖花,一身行头和前些天晚上那个男子似乎一样,只是卖花人是个女子。生意不错,有人买有人看。

到超市买了东西回来,我们过去,问了一下,二十元一把。不是太懂花,挑了粉红色勿忘我。付款的时候,问她那天晚上我们遇见的卖花的男子可是她一家的,她说是的是的,他不行,转来转去的。意思他或许是不好意思。我们笑,看得出不太好意思。那位说那天晚上我们赶回来想买花的,他走了。女子连忙说谢谢谢谢。又问她是开花店的吗,她说家里卖花,妹妹线上线下都卖。我们注意到,她在话语中几次提到她家那位三个月没有上班了,于是说下次还买她的花,她又是谢谢谢谢。这时候有人来问有玫瑰吗,她说卖完了,再看她电动车后面的筐子,也是空的。

回到家,找了瓶子插上,那位说真好看,今天这个日子买它太合适了。她说的意思我明白,是一个特殊的日子。

勿忘我,嗯,就是这个意思。

6月18日

中午一边炒着菜,一边想着1点钟要抢京东优惠券,同时还在微信里与朋友说着事,然后——就把醋当作酱油倒进锅里,于是苔菜炒肉丝变成了色香味俱差的"醋熘苔菜"。

看着锅里的菜,我在想我是该怪朋友呢,还是应该埋怨京东618活动?没办法,惯性思维,第一时间想到的不是如何补救,而是甩锅。

至于抢什么券,买什么书,买了多少书,我就不说了,反正如果抢到券,一千元钱只要三百五十元,四百元钱只要一百四十元,一百元只要三十元,六百元只要二百元。我买的都是些屯了许久的老书和专题书。什么?我买了多少?我们还是说下一个话题吧。

这几天,看了一位九十多岁老人的回忆录,这位老人是我的表伯;看了一本将要在国外出版的书稿,作者是我的表哥;收到一本在国外出版的小说集,作者是我的表侄:都是亲戚,都是很有特点很不简单的人,每本书都值得好好品味一番。

有一种爬藤月季名叫红龙，它有很多优点，但有一个特点或者说缺点：阳光不充足的时候，它便始终含苞待放，直至含苞萎谢。想想看，这个红龙如果有思想，那么它一定是一种个性十足、倔强而不妥协的花。想劝它一句何苦呢，坚持的代价往往是牺牲自己最好的年华。只是要是面对了，我是否能说得出口，还真的不知道。

不过这雨也是不能再这么不管不顾地下了，花儿不开了事小，人如果郁闷了那就糟了。据说某个小区一个晚上有两个人跳楼，其中一个是从外面进来的，想想那个小区的人们一觉醒来心里该有多糟败。非常时期遭遇阴雨连绵，的确是不大妙啊！

时间真快，转眼又到了做"政屏说书"的时间，6月21日，周日，下午3点30分，三孝口书店五楼社科馆。那一天还是时下比较流行的"父亲节"，说全国畅销书榜单之外，自然会说一说"父亲"话题，介绍几本我收藏的有关亲子题材的书，大家聊一聊父子（父女）共同阅读，这样看来内容还是蛮充实的，只是那天会有几对父子（父女）到现场，心里没底，不过礼品已经备好，自然以书为主。

很久没有东扯西拉了，今天估计是有些心思不灵，自我失控，才冒出这么多没什么意思的话来。

6月27日

端午节，吃了几个台湾风味粽子，又吃了一些做工细腻的绿豆糕、红豆糕，感觉不错，吃得好，真好！

送了一些给父母，又带了几个回来，这叫分享，感觉也好。

还有，和远方的表伯视频，让人很感慨也很激动，九十多岁高龄，说起过去，说起很久没有回来的合肥，记忆还是那样清晰，很多东西都在老人家们的记忆中，应该记录下来。表伯的回忆录尤显其价值。

后面就出问题了，沉溺于细节，过于主观臆断，结果一错再错，浪费了时间，扰了心情。

好在有清幽之处喝茶,精巧地方赏心,以及合口饮食,轻快步履,一天时光还算是舒服。

筹划了好几天的一场活动,有几个意外,而最大的意外是老天如此赏脸,让大家能够从容而来,安静坐下,然后才淅淅沥沥地开始,越下越大。

在现场抓拍了好几张照片,最让我深有感触的是那么三个人,或是一直站着,尽管只能背对着会场坐着,但他们却是那样专心,他们显然是听进去了。

很多时候,我们过于强调时机和外在条件,渐渐地将放任自我,满腹牢骚和委屈。

活明白可真不容易,就在刚才,我还在想因为几件小事,我是不是应该原谅几个人,忽然又想,自己曾经被多少人包容和原谅,似乎都忘了,或者压根就没有感觉,一点小事,自然不能记挂在心里,放松点,是真的对自己好。

脑子一旦走偏而不自觉,其实很糟糕,也很可怕。所以还是要小心,保持清醒和自觉。

转眼就到7月份了,一月又一月,一年又一年,快得很,好好过。

2020.1—2020.6

等待归来

准确地说,我和他们并不是很熟悉,有的见过面、打过招呼,有的知道名字却不一定对得上号,有的则是第一次认识,但是现在,我却总是在关注他们的信息,哪怕是一点点。我像盼着熟识的家人和朋友那样,等待着他们平安归来。

新冠疫情暴发以来,我宅在家里,时刻关注着武汉、湖北以及自己所在城市疫情的变化,时刻关注着确诊、重症、死亡、疑似及出院病例的数据。随着全国各地医疗队驰援湖北,我自然又将目光投向那些勇敢无畏的白衣战士,被他们感动的同时,忧心他们的安危。1月27日,当我在微信朋友圈里看到安徽中医院的六位医护人员出现在安徽医疗队名单里的时候,这种感觉便显得更为真切,不太安稳的心显得更加慌乱。

那是一个风雪交加的日子,妻子在微信里看到消息后立刻高声说:"我们医院也有人去了武汉!"我赶紧凑过去,一张张图片看下去,然后把它们放大,一边打量着他们的面孔,一边听妻子介绍着六位出征者:感染管理科科长,原来是中医呼吸内科护士长,业务很棒,手脚麻利;主管护师和主治医生,精力充沛,业务过硬;三位男护师均为近些年来进院的年轻人,已经退休的妻子对他们也不熟悉,我们一起看着介绍,他们有的将家里安排妥当,有的则没有和家里人细说,以免他们担心,还有一位,妻子怀孕三个月,"家里人和爱人已做好了充分的心理准备",让我们感觉很不是滋味。感动,心里酸酸的,都是父母的孩子,都是有自己的家的人,大多已为人父母,该有多少人在为他们担心,同时又为他们感到自豪,危难时刻,挺身而出,他们是勇者。

第一时间转发了他们出征的微信,很多人点赞留言:"勇士!""令人敬佩!""雪花飘飘,有点悲壮,祝福他们!""一定要平安归来!"

2月4日,又有四名护师加入安徽省第二批援鄂抗疫医疗队,其中有护士长,有主管护师,还有两位年富力强的男护师。其中护士长已是三次请战,要求到抗疫一线和武汉去,她认为自己有着比较丰富的经验,会比年轻的护士做得更好。

2月20日,中医院第三批十二名医护人员加入安徽省第七批医疗队,出发去武汉。在医院本部的七名队员中,有一个显著的变化,那就是有三位呼吸内科和重症医学科的骨干医生加入,专业对口,年富力强,必定会在中医药治疗新冠肺炎方面发挥应有的作用。

给我印象深刻的是内科ICU的一位姓聂的副主任医师,她说:"我是湖北潜江人,在武汉读了八年书。这次家乡遇难,支援家乡是义不容辞的事。我的家人还在湖北,我的同学们也都在湖北各个医院的一线,这次回去,不仅是回到家乡,更是与他们并肩作战。"聂医生身材娇小,但面对疫情,有一股凛然的豪气,让人刮目相看。

至此,安徽中医院一共有二十二名医护人员奔赴武汉抗疫一线。

妻子加入了医院的几个微信群,微友大多是医院的同事,她时常会从那里知道一些去武汉的医护人员的信息,比如有的人从第一批开始就申请去武汉,一直到第三批时才如愿。有的男护师在给领导的请战微信里写道:"我是男的,到哪儿都方便,而且我们男的抵抗力比女同志好,一定要让我去!"妻子每每看到这样的信息,就会急不可待地转述给我听,说到感动处,便会哽咽。每逢这时,我便会安慰她说:"他们都是心中有大义的勇敢的人,也是我们平时说的好人,好人自然会有好报的。"

第三批医护人员出发的同一天,中医院感染科张国梁主任受国家中医药管理局指派，驰援武汉。而在此之前的 2 月 18 日，省中医药管理局组织中医药高级别专家赴部分重点医院开展集中会诊，对重型、危重型患者等疑难病例进行"一人一案"临床指导。

第一组由中医院徐经世带队到合肥传染病医院。徐老是著名的中医内科专家，2013 年被评为全国"国医大师"。徐老今年八十八岁了，耄耋之年，亲赴一线，让人敬佩。

相比于徐老，第二组的带队胡国俊我要熟悉一些，这些年来，我家那位介绍了不少人去他那里治疗疑难杂症，留下不少颇为传奇的故事。胡老是省"国医名师"，他此次是去蚌埠医学院一附院、蚌埠传染病医院。

看到这个消息，真是很感慨，此次新冠疫情，医疗界真是从一二十岁的九零后零零后，到七八十岁的老专家，一起上阵，可谓全力以赴。正是由于他们，才让全国人民渐渐看到希望，有了信心，他们真的是很了不起。

当然，感动的同时，是一份担心，这样的担心源于病毒的凶险，而湖北有上千名医护人员被感染。看到相关信息的时候，或者忽然某个时刻，我和妻子会想到这些在武汉的医护人员，他们的工作和生活，他们的安全。当我们听说全国四万多名援鄂的医护人员无一人感染，心中感觉到一种宽慰。也只有在这时，你会感觉到"一定要平安归来"这句话的分量。

如今，武汉会战已然进入最后的攻坚阶段，不久的将来，各地的医疗队将会陆续撤离，安徽中医院二十二名医护人员也将回到他们原来的岗位，自然会有笑脸，会有鲜花，而在我看来，更重要的是有一份安心，他们亲人一颗悬了许久的心放下来了，那些关心惦记他们的人也因此感到安心，而安心，不正是我们大家最看重的吗？

是的，我和他们大多数并不熟悉，但现在，我却像盼着熟识的家人和朋友那样，等待着他们平安归来。

2020.3

没有家的猫

为猫找个家

　　以前不喜欢猫,后来因为儿子及几位朋友喜欢,也就多关注一些,但今天这只猫却让我很是纠结。

　　昨天晚上下楼散步时看见它的,不怕人,总在叫,一唤就过来,但我们又没有什么给它吃,估计它有些失望。今天那位下楼散步,又看到它了,还是在叫。有位邻居说它可能是被遗弃的家猫,看它肚子瘪瘪的,一定是饿坏了,说着将手上的一小袋猫粮撒在地上。这猫立刻就过去吃了起来,显然是饿了。我和儿子下楼看的时候,它正在吃,不时还会叫上一声,仔细看了一下,它的左腿关节处有一块新伤,身上的白毛也有些脏了。

　　吃好了的猫跳到电动车座上,一边晒着太阳,一边洗着脸,不时还会叫上一声,似乎在向我们诉说着委屈。

　　小区有一栋公寓楼,住着不少年轻人,这些年轻人养了不少狗,估计也有养猫的。过年了,他们都要回老家了,这猫或许就是他们中的某个人遗弃的。算起来至少也有半个多月了,也不知道这猫都吃了什么、在哪里安家。

现在如果要有人把它收养了,给它一个家,那真是再好不过的事了,否则它日里夜里地叫着(据儿子说,它已经叫了好些天),真让人感觉不安。

刚才在看照片时,我们都在说,这猫好漂亮,但一脸的落寞和委屈,好可怜。

其实我也是让这疫情逼得,否则我怎么会有时间关注这猫?如果再这样下去,我估计会睡不着觉了,这日子过得,和猫一样,突然之间就没有依靠和安全感了。

又看到猫了

最近一家几个人下楼,都会带一个小塑料瓶,里面装着猫粮,这样的装备让我们自己时常都会忍俊不禁。

看不见猫的时候,那位就会有些担心:是不是让人带走了?是不是让那些讨厌的狗狗吓走了?是不是有东西吃不睬我们了?每逢这时,我便会笑,如此为一只猫牵肠挂肚。

前天下雪,没有下去投食,几个人懊糟一晚上。昨天和那位下楼散步,转过来唤两声,转过去看一下,没有发现它的踪影。今天上午着急了,走近它常出入的一个小门,发现里面有两三个盆碗,两个里面是空的,一个里面有干净的水,瞬间放心了,看来还有其他好心人喂它。

今天中午买东西回来远远地看见它的身影,赶紧过去,不想它已回小门那边,轻唤两声,只见它一边哀哀地叫着一边疾步过来,看得出是饿坏了,似乎还有些委屈。赶紧倒了猫粮,它头也不抬地急吼吼地吃着,只在偶尔有声响传来时,警惕地扭头查看。这猫儿越发地胆小了,谁知道它吃了多少亏才变成这样。

我有些走神,想着当它独自躲在哪里发呆的时候,它会不会记起从前那小主人对它的种种宠爱甚至溺爱,或许它什么都不会想,只是感觉自己日益饥饿胆怯起来。无望而无助,是怎样一种日子,猫或许意识不到,人又能怎样?

和猫聊天

今天小猫见我叫个不停,仔细琢磨一下它的声调和表情,问它,你是不是说:"终于就要把这个正月熬过去了。"它喵了一声,表示同意。于是,我们按照这个模式,聊了一会儿。

猫问:你们戴口罩是为安全还是安心?

我说:主要是安全。

猫问:那钟爷爷说人少的地方,空旷的地方不需要戴口罩,你为什么还戴?

我说:担心安全,也怕人家见怪。

猫问:等到大家都不戴口罩了,你可戴了?

我说:不戴了。

猫问:人多的地方呢?

我说:也不戴。

猫问:为什么?还是担心别人见怪?

我说:别人都不戴,戴了不大好。

猫说:那你戴口罩属于安心第一,安全第二。

我有点恼火:你绕来绕去兜圈子,到底想说什么?

猫笑:你们人类判断一件事通常不是问自己怎么想的,而是看大家、别人怎么想的。

我不以为然:是又怎样?

猫立起身来,摊开两个前爪说:不好玩。

我恼火了:我看你吃饱了撑的。

猫轻轻喵了一声,又耷拉下眼皮。

喂猫杂想

喂猫就是喂猫，想得太多有没有必要，这个我得注意。只是非常时期，这些猫在倒逼我转移注意力，思考一下个人的渺小人生的无常，从而思考如何顽强地活下去，不但需要勇气和智慧，还会遭遇许多失落和痛苦。而当所谓"机会"出现的时候，自己是否能够判断出到底是机遇还是陷阱。

惊恐不安是什么？

惊恐不安就是眼睛里充满了恐惧和提防，吃食的时候依然不能放松，特别想吃东西，但是又害怕投食者靠近。不知道它有没有做家猫的经历，如果有，那又会是一个怎样的悲伤记忆：懊悔不迭自行出走？猝不及防地遭遇主人瞬间蒸发？或许它就是流浪猫的后代，从出生开始，过得就是这样的日子，没尝过甜，自然也就感觉不到苦。到底哪种情形要好一些，还真不好说，在设定的范围内做选择题，没有什么意义。无论如何，长期的惊恐不安，它会不会出问题？没有答案。但我知道，如果是人，一定会出问题。没有安全感，是很糟糕的。

放松享受是什么？

放松享受就是饿了会到处找吃的，见到投食者会主动打招呼，除非太饿了，基本上都是不经意地喵一声，告诉你我在这里，如果是饿极了，它也会迎上来喵喵地叫着，让投食者有一种负疚感。吃的时候有点不管不顾，吃饱了就会伸个大懒腰，然后找辆电动车跳上去，眯眯眼发发呆。还喜欢围着人转圈，用尾巴蹭你，如果它感觉放心，即便是不给它投食的人，它也会去蹭，仿佛是一种乐趣。做家猫时养成的习惯，没吃过亏，没遇过表里不一的歹人，尽管到处流浪，饱一顿饥一顿，仍是如此。这样的猫以后会不会被人欺骗欺负，进而变得惊恐不安，就要看造化了。

2020. 2

种桑养蚕

一

小区里有两棵桑树,野生的那种,长得都不是地方,一棵大一点,在地下车库通道边的一圈绿植里,另一棵要小得多,长在一栋楼的北面墙根,一年到头几乎见不到太阳。

大的够不着,每次修剪绿植时,都会被削得和绿植一般齐,小的则经常被那些养蚕者摘得只剩芽头。半个月前从小树上折了一个枝子,回到家剪成七段,全部插在一个花盆里。

那位对能否插活不抱什么希望,去年插过一次,从大桑树上剪的枝条,比这次要粗一些,没有成功。我则抱着试试看的心态,何况去年似乎是夏季。

插的时候浇了一次透水,之后又洒了一两次水,然后便是时常去看看它们是否有动静。只见那些枝子上保留下来的几片叶子渐渐地萎缩了,尽管还是绿的,但显然是没了生机。直到有一天,那位有点不确定地说了一句"好像有发芽的了",我才又一次走近它们,仔细打量一下,还真是发芽了,并且是两枝。这么说不但插活了,而且至少是两棵。开心,似乎做成了一件大事。

这几天没事就到阳台看看它们，从几个芽头到慢慢长出几片嫩绿的叶子，真是一个很神奇的过程，其中一棵原有的两片叶子居然也恢复了生机，让我更加确定，它是真的活了。

留意了一下，活了的两棵是树枝相对粗一些的，越往上越细，成活的可能性越小，在条件不成熟的阶段做一些事，是很难成功的。比如孩子，家长们不管是出于怎样的考虑或者纯粹是懒得操心疏于管教，在他们太小的时候便让他们独立面对这个世界，极大可能是害了他们。

不过此刻我不愿多琢磨这样的事，而是做着种种想象。想着它们什么时候能够长得大一些，然后把它们移栽到大花盆里，放到北边的阳台上。我们这栋楼不是正南正北，北阳台每天早晨都能晒到好一会儿太阳，桑树们长大长高应该没问题，摘一些叶子泡水（或者晒干留着泡水）也没问题，春天里吃桑果似乎也是可能的。还有，如果小孩子想养蚕，也可以保证蚕宝宝们每天都能吃得饱饱的。

什么？小孩子在哪里？嗯，这个问题我得去找儿子谈谈。

二

小的时候养过蚕，估计很多人都有这样的记忆，只是养蚕给我留下最深刻印象是作孽受罪，忧心忡忡。几乎是从养蚕的第一天开始，就在操心桑叶的事，我们那时候管桑叶叫蚕叶。

将一个个小黑籽变成一个个蚂蚁大小的蚕，是很令人欣喜的一件事。小蚕食量不大，找几片嫩一些的叶子给它们，可以吃很长时间。再大一点时，就要开始为桑叶操心了，十天左右，小蚕变大蚕，操心着急的心情也就越来越强烈，因为蚕宝宝胃口太好了，而桑叶却没有着落。

如果说小孩子也会焦虑的话，那么养蚕时候的我绝对是焦虑的，为搞到桑叶到处想办法。当蚕宝宝将桑叶吃得只剩下经脉，当它们饿得到处乱爬的时候，我感觉自己小小的心脏快要承受不了了,无奈之下,先找一些莴苣叶子,让蚕宝宝们先对付着吃着,看看它们很勉强地吃上几口后便掉头离开了,感觉自己好对不起它们。

好在那些蚕通常不是我一个人养,几个哥哥会各显神通地弄些桑叶回来,哪里有桑树,是在私人宅院还是在机关大院里,他们弄得清清楚楚。据说他们甚至会和同学一起跑到大西门外的农学院去摘桑叶,翻墙头,爬树,还要避开管理人员,每次都是惊心动魄的。在我的心中,他们是太厉害了。

如何保存摘回来的桑叶,也是有讲究的,要用湿毛巾包起来,以免叶子干了。但也不能有太多的水,把叶子沤烂了,蚕宝宝也是不吃的。

费了老大的劲,终于把蚕宝宝们养得肥肥胖胖浑身透明,这一场拉锯战才算结束。当一条条蚕变成一个个雪白的蚕茧的时候,所有的辛苦和焦虑都没有了。有一次居然还结出金色的蚕茧,真是开心得不得了。

尽管养蚕很受罪,但总是忍不住还去养。长大一些后,也会像哥哥们那样想方设法为蚕宝宝们寻找桑叶。而几片桑叶,俨然成为衡量同学之间关系如何的试金石,接过悄悄递过来的一小包桑叶的瞬间,感觉对方绝对是自己最铁的哥们,最好的朋友。而透过桑叶,可以发现一些同学的精明和势利,是的,势利,那时候我就会感觉到"势利"是怎么一回事。

长大了,也就不会再去养蚕了,只是在偶尔想起蚕宝宝吃桑叶时沙沙的声音时,心里还会有一种暖暖痒痒的感觉。

再后来成家了,有了儿子。有一天,已经上小学的儿子小心翼翼地捧着一个小纸盒回来,里面装着他买的小蚕,我明白,养蚕这件事又开始了。

尽管桑叶依然是个问题,但已经没有那么严重了。花钱就可以买到,意味着它基本上已经不是问题,更何况还有一位特别热心的邻居,隔三岔五地就带回来一包新鲜的桑叶。

写到这,我忽然想到,当北阳台的桑树长得高高大大,以后孩子们养蚕时自然不再会为桑叶发愁了,他们的养蚕记忆会有些什么呢?没有苦涩焦虑,他们能够感受到多少满足和甜蜜？没有辛苦磨砺，他们从哪里获得努力生存的经历和经验？

或许，是我想多了。冥冥中，一切自有安排，又何必纠结于养蚕这一件事上面。

还是浇水去吧！

2020.4

9月5日的口水诗

2020年9月5日是周六，原本这天有家城市阅读空间开业，但后来延期了，这天就临时空了下来。

3日夜里因为筹划出书的事，起来两次，第二天早晨又是早起，然后七事八事折腾一天，既缺觉又疲劳，因此周六上午有意在床上多躺了一会儿。9点起来，收拾好吃好也就快到10点了，去超市买点菜准备午餐似乎又早了点，于是我对那位说，我到阳台上干一会儿活，然后再去买菜哈，那位自然说没问题，然后做她的事去了。

支起折叠桌凳，摆上笔记本电脑，见阳光正好，气温适宜，不时有微风吹进来，便拍了一张照片，随手写了四句话：

外面太阳老高，阳台圆桌电脑。
清茶不浓不淡，时光不多不少。

把它们发在微信朋友圈后，便打开电脑，改稿写稿。等到感觉可以告一段落时，已经快12点了。赶紧关了电脑，急匆匆地去了超市。因为事先写了张小纸条，七八样东西没一会儿工夫就好了。到家后，那位开始择菜洗菜，我则休息一会，然后炒菜。

喝口茶，打开手机，发现两个多小时前发到那条微信下面点赞和留言的真不少，估计某一点或者某一句触动了他们。有的说"一切都刚刚好""无烦无恼就好"，有的说"生活有情有调""自在""惬意"，还有一位著名文化人说："三个名词入诗，第二句堪称经典。"其实我明白这哪里是诗，如果真要算，也就是口水诗罢了，因此我只当那位专家和我说笑话呢。

也有"和诗"的，前前后后好几首，有称赞，有鼓励，有发挥，这里抄几首：

　　时光不多不少，自在安宁就好。
　　闲来喝茶码字，管他日头多高。（女作家王维红）
　　表面自在逍遥，实则费心用脑。
　　只因初心未改，探研文曲儒道。（军旅作家薄俊元）
　　心态可以不老，有别荣枯芳草。
　　昨天今天明天，都是岁月静好。（同事加文友潘林松）

我一边笑着："好嘛，成了打油诗会了。"一边又写了几句，配了一张刚买回来的东西照片，发了上去。

这几句话原本是"抢到两个小时，好像赚了一把。邻居饭菜上桌，我这采买到家"。后来发现"抢到两个小时"有歧义，居然有人认为我在超市待了两个小时，于是改为"写稿两个小时"。

因为儿子上班，便只炒了生菜和西红柿鸡蛋，简单了一些，但清清爽爽，吃得也还好。午餐后居然睡了两个多小时，起来后便赶紧开电脑，接着写东西。儿子下班回来，问晚上吃什么，我说有些乏，不想烧，交给你了。他说好啊，我知道他原本就想点外卖的，这一来正称心意，不免偷笑。陪那位下楼散步回来，外卖已经陆续送到家了，两家品牌店的比萨、蒸饭和牛肉面等，色香味俱全。各种优惠之后，居然也不算太贵。

吃好之后,感觉颇为放松,有点恶作剧般地又写了四句,发朋友圈时加了一句"将口水诗进行到底"。

中午对付一顿,晚上对付一顿,
空出大块时光,补觉补稿发愣。

估计时间点比较好,这条微信又有不少评论,有关心的,认为身体重要,三餐不能马虎,有建议不要多吃外卖。有夸赞"好诗""好口水好口才"的,自然还有"和诗":"中午虎咽狼吞,晚上又搞一顿。忽觉困意光临,辜负光阴九寸。"估计是说他自己这一天的,煞是形象生动。

心情好,状态不错,晚上居然又写了好一会儿。闲下来时,想着这寻常的日子,只要自己觉得值得、应该,怎么过都可以,没有什么标准,更不能就此认为谁的有意义谁的没有意义,所以没必要为自己的每日选择和安排自得和懊悔。这想法变成文字,就是:"吃饭晃悠睡觉,无事猫咪无聊。白眼不屑看你,各有各的信条。"

白天里听说一位高中同学猝亡他乡,很意外,而且这事一直堵在心里,原本轻松搞笑的口水诗因此有了一些沉重:

周末偷闲涂鸦,无事乱写乱发。
忽闻故人远去,顿觉秋声萧煞。

9月5日这一天就这样过去了,五首口水诗贯穿其间,仿佛寓言一般,又如同演戏一样,正所谓:一切都是精彩,一切都是寻常,过着自己日子,守着自己时光。

2020.9

周六日常

　　上午稍迟起来,收拾好去父母家,老妈坐在那里,墨绿色的羊毛外套,同色调的花围巾,皮肤白净,微微地笑着。阳光很好,一切都是暖暖的。老爸在卧室扫地,老人家一向干净,每天早晨都要到处扫扫擦擦,几十年了,一直如此。

　　下楼检修报箱,这也是今天过去的主要目的。报箱对于老人家来说太重要了,每天几份报纸,如果拿不到看不上那绝对是很糟糕的。寂寞的晚年里,幸亏有了电视和报纸,它们不仅是老人们了解外面世界的途径,也是一种陪伴。理解了,就不会觉得老人家们的反应有些夸张了。

　　据老妈打电话说,老爸昨天发现锁坏了,不能开关,试了几次,发现的确是不灵光,但若是往里用点力就好了。我和老妈说,这次就不收费了,因为我是志愿者,老妈笑得很开心。

　　前几日帮老爸网购了两套棉毛衫棉毛裤,老妈非要给钱,给五百,我说多了,给三百,我说也多了,最后给我一百二十,我说少了,欠我十元钱,算了,零头就不要了,老妈又笑。

　　每次过去,都会买香蕉,香蕉可以补钾通便,但老人家不记得买,所以我们时常带些过去。每次六个左右,多了老人家会着急的。父母都说最近天凉了,不太想吃,我掰了一个放在窗户前晒着太阳,让老妈记着中午吃。

在《未来》杂志上发了一组《刘访渠的朋友圈》,是我费了不少精力写出来的,其中不少细节来自和老人家们的聊天。把杂志带给老人家们看看,想着老爸或许会感到欣慰,但也没准会招惹一顿批评和教训,这倒没什么,不过我最希望的,是又会引出老人家们一些新的记忆和故事。

聊了一会儿后离开,去超市,水果、蔬菜买了两大袋。天气好,小区里和路上,到处都有买菜的人。其中男人可真不少,拎着大大小小的塑料袋,轻轻松松,晃晃悠悠,看上去煞是有趣。

近中午时去开会,午餐喝了点酒,回到家一觉睡到傍晚,补了这几天睡眠的亏空。双休日尽管也会有不少事,但相对来说还是休闲一些,自然也就放松多了。张弛之间,人生便多了一些滋味和享受。

晚餐简单但可口,水果不甜但新鲜,老剧看出新感觉,一切似乎都很平常,却也能让人舒适舒畅。平平常常的日子能够如此,已经很满足了。

看完电视,再和那位下楼喂猫,已成一种习惯。今晚有些特别,好几只猫都出现了,而且出奇地黏人,围绕着我们转来转去。我对那位说,或许是这两天投食的人少,而我在它们那里口碑不错,值得信赖。那位笑我自我感觉太好,小动物可没那么多想法,能记得你,对你有个好印象就很不错了。想来也是,每天给那些流浪猫投食,何尝不是一种自我满足和安慰。

需要和被需要,伴随人的一生,能够帮助别人(包括小动物),给人以温暖的时候,记得多做一些,平常的日子因此会过得安稳一些。

2020.11

老人福利盒饭风波

所谓老人福利盒饭，是指政府给九十岁以上老人的一种福利，每个月补贴六百元，老人可以在社区用这笔补贴请钟点工，订购午餐盒饭，或者购买馒头、水饺、元宵和南瓜饼，社区将这项服务打包给一些服务机构，他们则负责监督管理。

老父亲自 2019 年 10 月整九十岁后，即开始享受这项福利。开始是每周请钟点工打扫一次卫生，每天中午一盒盒饭，再买一些馒头，后来感觉钟点工不是很好，就不用了，然后额外要一些水饺、元宵和南瓜饼。据有心人说，这些食品价格均远远超出市场价，而我不止一次吃过那水饺，真是很糟糕，一股怪味，显然是小作坊的产品。每次父母亲要给我这些食品时，我都会很为难，不要又怕老人家不高兴，只好拿着。

聊胜于无吧，我和老人家应该都是这么想的，遇事往宽处想是对的。所谓"认真"，于人于己，通常都不一定是件好事。只是没承想，2020 年 11 月 1 日，原本鸡肋的盒饭居然又出幺蛾子，由此引发一场不大不小的风波。

本文一共三篇，第一篇写于 1 日中午，第二篇写于 3 日上午，第三篇写于 4 日下午，本意无非是既然有了第一篇，就不妨写个第二篇，而序言部分和第三篇则是必须要写的，也算是有始有终。

其实，大多数时候，没必要这样。

老人家的烦恼:想要盒饭先"照相"

老妈昨天打电话说,老爸想买棉毛衫,这么些年老人家一直不穿棉毛衫,估计是年纪大了,有些怕冷,我说家里正好有套新的,明天给老爸送过去。

老人家的事情必须马上就办,否则他们会感觉很着急的。

上午送衣服过去,一进门就感觉气氛不大对头,原来九十岁以上老人送餐今天开始要每天拍照片,老爸有些郁闷地说,我有时要出去办事买东西,不可能天天在家里等着,何况他们送餐也没有一个准点。我感觉有点不可思议,便打电话给负责送餐的管理人员,不料她的口气是那么冲,生硬地问了我是"哪一家?""什么事?"之后,说政府规定以后送餐每天都要刷脸,他们才能拿到钱,有意见可以向上面反映。我生气,说不要他们送餐了,她撑我:那你和社区打个招呼。见我发火了,她解释说在医院,有点吵,我说你在医院也不能这个态度,你是做服务的,不能这样和客户说话。

随后我给社区工作人员打了电话,对方很客气,让我和老人家千万不要生气,她马上去了解情况。经过她提醒,我发现我将电话号码标错了,于是给真正的负责人打了电话。不承想一向和和气气的负责人也是口气很硬,我笑:你们今天是怎么回事,一个个都这么冲?她在搞清楚我的身份后解释说,刚才她接到两个推销房子的电话,现在正按老师的要求给孩子录像,言下之意有些烦。两个理由反映出两个社会现象,大家各有各的烦恼,我自然也就不再计较她的态度了。之前为盒饭质量问题,为多余钱款改送的水饺有异味问题,和她联系过,态度一直都很好,虽然问题解决得不是很好,但老爸老妈挺喜欢她,也就不计较了。

放下电话,发现有三个社区工作人员的未接电话,当即回过去,她说联系了服务商具体负责我父母所在小区的人(也就是第一个口气很冲的那个人),她的解释无非是刷脸送饭是政府有关部门规定,今天(11月1日)开始执行,上午有不少人给她打电话（估计弄得她很烦），另外似乎还怪我态度不好。我的态度很明确，这个问题没有解决之前，暂时不要给我家老爸送饭了，送来也不收。

又和服务商这块服务的负责人（第二个口气很冲的）联系，她解释说，她前几天没上班，问了，是有刷脸送饭这件事，那位具体负责人一上午接了四十多个电话，我说电话多说明大家对这件事有意见，但这不是她态度不好的理由，同时告诉她明天开始不要送饭了。她和社区工作人员的反应是一样的，不送饭，他们拿不到钱，我们也拿不到钱，我说，那就不要这个钱，因为老人家脆弱，受不了这样的干扰和折腾。

试想一下，为了等这一盒饭，老人家们不能外出，不能去医院，不能睡觉，甚至不能长时间上厕所，然后穿着整齐地坐在那里等着"照相"（刷脸），这是一个怎样的场景。万一老人家出门或者下楼散步了，送餐员是不是会把盒饭带走？万一老人坚持不住睡着了，送餐员会不会跑进卧室喊醒老人家然后刷脸？万一老人家有个头痛脑热，去医院或者住院了，那么送餐员会不会跑到医院病房刷脸？有些事还真是不能想，一想就很恐怖，就是笑话。有关部门的领导是怎么想的，拍脑袋之前想没想过，如果这些老人是他们的父母或祖父母，将会是怎样的一种局面。

我想应该公开征集一幅漫画，每天上午，九十多岁的老人家坐在门口的凳子上，等着送餐员刷脸送盒饭。而这盒饭原本是国家给老人家的福利，体现了政府对高龄老人的关怀和爱。写到这里，忽然想到，是不是中了服务商的计谋，大家都有意见，都去反映了，他们是不是就会很便利地拿到钱。有关部门的监管是必须的，乃至很重要的，但监管不能简单粗暴，自己省心了，服务对象烦恼了，以至于怨声载道，把政府的好事办成坏事。

不说了，要赶紧去下单了，老爸说我带去的衣服大小合适，但是他要中领，灰色。碰巧这几天网上优惠力度大，给他买两套，说过了明天送过去，下单迟了会误事的。

为了明天，必须把问题解决在今天！

《老人家的烦恼：想要盒饭先"照相"》写完了，气也消了，其实我心里清楚，这样的文字没有什么意义，也起不了什么作用。不过我还是把它发到了微信朋友圈，而且反响居然还不小，点赞的不多，评论的不少，看得出评论者无论是说理还是说事，都挺认真的。

多年从事餐饮业经营管理的 X 女士留言："认真读完。哈哈，生计无小事，我觉得定这个制度的人可能初心是好的，用以确保送餐部门真实不虚地把盒饭送到了，缺少的是同理心和经验。以从事过几十年服务业的经验，感觉问题就出在那个很冲的执行人层面，不理解自己的角色。随着老年化的加速，这些真不是小事。职业道德培训和岗位职责培训迫在眉睫。"不愧是行家里手，说到点子上了。

资深媒体人 H 老师的父亲也九十多岁了，老人家住在另一个区，但是 H 老师感觉"这边也不好，送的菜就不是打算给人吃的！其他搭配品种有限且不实用，选择的余地极小，家里老人根本不吃送来的任何东西，要么堆在冰箱久了扔掉，要么拿出去送给生活更困难的人，但送多了人家也不要——而且，即使这么差，每样标价都明显高于市场价。去街道交涉，回答是承包出去了，他们搞不清具体情况。不知道政府出这份钱的真正目的是什么？怎么看都不像是为老年人服务的，倒像是利用统一拨给老人的这份福利去养活某些特定群体。"

我回复她："我们差不多，成了一个麻烦。"想着这两年我们兄弟帮着吃了不少的盒饭和袋装水饺、奶黄包和南瓜饼，那感觉真是一个勉强加无奈，对于 H 老师的话自然感触很深。

H 老师认为："这种事居然还有承包出去的，明摆着当生意做的。"而我感觉应该是"有个利益链"。

同样是那个区，有的地方就很好，资深出版人 C 总留言认为这是"小区服务水平问题,我家老娘住的那个街道就特别尽心,花样多,态度好,定时送,还可调换其他服务"。

我回答:"每个区不一样,我们这个区一直都是品种少,质量差。"其实我说的不准确,同一个区,不同的街道也会不一样,不知道这个九十岁以上老人盒饭外包是以街道为单位还是以一个区为单位。

C总后面又留言更让我感觉到了差距之大:"我老娘那边非常好,每次主动问明天要啥,可以调菜、换水饺、元宵、包子或理发、打扫卫生等。"

作家S老师在感慨"还有这回事?开始刷脸了?坑爹呢"之后,认为"不是区问题,是承包服务商养老集团问题"。

微信朋友圈里好像没有我们说的两个区相关部门的人,但是城东那个区民政局Z局长在,而且第一时间留言:"谢谢刘老师!全文看完,照到我们工作的不足,虽然不在我们区,但是,一定会有同样的意见,全文转走,改进。"这种速度和效率,让我不能不称赞她是个"有心人",如果这样的有心人能够多一点,老人和他们的子女们的烦恼自然就会少很多。

荃姐是个直性子,说话合肥味十足,这让她的留言有了一点搞笑意味:

"这哪是在照顾老人,简直就是在捉弄人,笑话,没这样搞法,想一出是一出,为了一盒饭,时间完全被他控制,不要也罢,何况质量怎样,老人家能吃吗?想想老了没子女照顾又是怎样状况?

"不要这饭了,不能受这个气,千万不能生气,那就划不来了!

"想想也作气!"

我回她:"姐姐说得对,不生气,真作气。"

至此,感觉留言区的气氛变得轻松了一些。的确,总是纠结郁闷,既没有意思,也没有必要。但是问题还是得提出并解决,因为这不仅仅是一家一户某些人会遇到的问题,人人都会老,越来越多的人会活到九十岁、一百岁,今天九十岁以上老人们的遭遇,没准以后我们也能够遇到。军旅诗人B老师说得好:"老人的今天就是我们的明天,为了明天,必须把问题解决在今天!"

是的,为了明天,必须把问题解决在今天!

所谓生活,就是这样的

原先以为这件事情没有什么名堂了,两天里得到的消息基本上都是领导态度很坚决,不可能改变。而因为是老人家的事情,我不愿也不能把这件事情搞得太大,打破老人家生活的平静。所以我和社区及服务商的人协商了一下,决定盒饭不要送了,所有的钱都用来买食品,如此,即便是东西不怎么样,而且送的时候还是要刷脸,但比每天都要刷脸要好得多。

实际上1日当天,社区和服务商就开始想办法了,毕竟这件事反响太厉害,给他们造成很大的压力。2日是周一,可以想象,他们肯定是一大早就开始到各管理部门找人想办法,据说都有被训斥和呵斥的经历。下午,服务商这块服务的负责人(第二个口气很冲的)给我打电话,解释道歉之余,向我通报了他们一直在反映和交涉这件事,但是没有效果。人家态度好,我自然也不会再说什么,只是重申一下盒饭不要再送了。与此同时,我安抚老人家说,此事还在解决中,盒饭暂时不送了,不要着急,也不要打电话给社区和服务商,有消息我会告诉他们的。

3日上午,社区工作人员打来电话,告诉我他们一直在向上反映,但是区领导坚决不松口,说这事就这么办,如果老人拒绝刷脸,就暂停服务。至于原因,据说是我们这个区有一两个街道出现老人已去世,家属还在冒领津贴和福利的现象,而服务商工作也做得不细,只要东西送到,钱拿到手,其他事情就不管了。因此,新上任的区领导就出台了送餐员定位和老人刷脸的规定,如果老人不在家,就不能送餐,如果老人生病住院了,钟点工就不能到家里服务,而必须去医院,等等。因此这件事暂时只能这样了,如果我们想要找区领导反映,她可以把电话号码发给我。

我听明白了,主要意思两点:前期工作的确是出了一些问题,新领导强调强化和细化管理,再不能因为之前的那些问题挨批受训了;基于种种原因,社区其实是想改变这一做法的,但胳膊拧不过大腿,想发动老人家属,给上级领导造成压力。

应该说区里领导的想法没有什么问题,出了问题要想办法改正是对的,在这件事上犯错受罚显然是他不想要的结果。但他忘了最重要的一点:老人的实际情况和感受。设身处地为老人着想,真正为老人谋福利送温暖,是不会想出这种办法的。

我没有要区领导(应该是主管部门的领导)电话,在我看来这样的电话没必要打,既然主要领导都拍板了,说得再多也都是废话,没准又会惹得一肚子闲气来。我想到一位微友的留言,他建议我打市长热线反映,事已至此,似乎也只能试试看了。于是我在回家的路上就拨打了市长热线,接听的是一位年轻男子,他认真地接听了我的电话,并做了比较详细的记录。在他无意中的言语中得知,我们区这种情况其他区也有,看来我们这个区的这些规定并非原创,因此更加有底气:别人都这样做,我为何不能?

在电话里,我对送盒饭必须老人刷脸这件事提出自己的看法:为了自己不犯错误,工作方便,不惜打破老人们平静的生活,对老人造成干扰,可谓简单粗暴。

放下电话,我在想,因为这件事,多少位九十多岁的老人受到影响情绪波动,又有多少位老人的亲属子女想方设法,四处反映,而这一切,原本是不应该发生的。在某种意义上,这是一种懒政行为。

懊糟、失望的情绪自然会有的,但我也想通了,大不了不要这份福利了,为这件事烦恼受气真是犯不着。当然,如何让老人家释然、放下,是一个棘手问题,关键自然不是钱,而是感受。

好了,写了这么一大堆文字,该说说结尾了。

我是10点半打完电话的,11点46分,正准备午餐时,收到社区工作人员的微信:"刚刚接到区里通知,老人服务刷脸取消。"

愣了片刻,很是意外,又感觉有些搞笑。

短短十几个字,事情结束了,风波平息了。不到三天的时间,特别是刚过去的一个多小时里,一定有不少的故事,一些故事和细节没准还相当曲折、精彩,但我们这些局外人无从知晓,甚至没办法想象。

  我看了看窗外,虽然是深秋了,但太阳很好,空气暖暖的,室内少了些清冷。或许,所谓生活,就是这样的。我想。

2020.11

信口说来

分　寸

据说自卑的表现主要有敏感、失衡、情绪化,当然敏感是指过度敏感。自卑的人不一定没有能力,只是太在意别人的评价,总是害怕别人瞧不起自己,具体表现是逆来顺受,或者偏激、自傲。定义往往就是常识。

面对现实是一件很难的事情,尽管大家都在说坦然面对,但真正做到的又有几人?

过往的荣光,是事实也是历史,偶尔说起未尝不可,说多了,就没意思了。

宣传和推销自己的确很重要,但太多太过也挺糟糕,适得其反,成为笑谈。

人与人之间的缘分,归根到底还是气味相投。一厢情愿、刻意为之,不是缘分。

犀利对人,随意自我,久而久之,这样的人是否会人格分裂?还真不好说。

宽厚往往忍让,忍让必然吃亏,吃亏如果郁闷生气,那就从源头开始,不要那么宽厚。是怎样的人，做怎样的事，勉强不得。

有的话你说不出口，有些事你做不出来，自然你就不是你不愿意做的那种人。

在一个陌生的地方，一个人没有那么多顾忌，容易放松放下，而当周围都是熟悉的人时，则往往会矜持。他累，别人也累。

当然，放松放下其实也有一个"度"的问题，冲破底线，也很糟糕。

周星驰的《功夫》里有一句台词："小鬼，我忍你很久了。"人生在世，都要有这个"忍"功，同时也要知道，没准别人也忍你很久了。

啰唆了半天，不过两个字：分寸。

2019.4

从大脑"短路"开始

今天大脑"短路"了,开了门之后怎么也拔不出钥匙,摆弄了好一会儿,直至大汗淋漓,后来终于取出来了,但还是不明白为什么会这样。晚上突然发现,钥匙应该竖着进出,而我竟然横着,以至于左拔右拔,差点就要用锤子了。

乘车,路过八里岗站,犯了糊涂,不明白它是原来就有的,还是后来改了名字的。后来想起来,它原来叫西环中心广场,后来又明白,尽管名字就是名字,代号而已,但搞不清楚还是不行的。

在园子里摘了三个苦瓜,想着再摘一个就可以做两次菜了,找了又找,还真有一个,而且还是已经开始变黄了的,今天如果不找到它,下回再见时,一准张着血红的嘴冲着我笑。如果换位思考,对于苦瓜来说,被摘了成为盘中餐与自然成熟,哪样更好呢?

看书,看到傅雷说他过去老是看人家好的地方,对有实力的老朋友更是如此,活了五十岁了,才知道看人不是那么简单……看来看去,总觉得这话一直在这里等着我。想了想,简单甚至单纯,应该就是一种不成熟。

天热,植物为了保命,不再开花结果,叶子也黄了不少,摘了硕果仅存的几个辣椒,也算是为它们减负。人们常说,有时候失去就是得到,这或许就是。

初入秋,不要看中午的高温和汗水,看早晚的感觉,就会感受到秋意。不要低估自然的力量,不要对正在失去的抱有幻想,更不要对即将到来的失去信心和希望。这样的话看似有些空洞,但仔细琢磨琢磨,还是有些道理的,尤其在某个特定的情境之下。

一个蚊子,两个小虫,不时过来"问候"一下,甚是烦恼。蚊子虫子到处都有,但眼前的最让人厌烦。换个地方或者涂抹些药水,都会好一些;一点作为没有,肯定不行。

煮了点绿豆汤,烧了些西红柿蛋汤,蒸了些馒头包子,又买了些炸鸡排,这顿晚餐虽然混搭,但是丰富。其实没有人规定晚餐一定应该吃什么,教条的是我们的思维定式。

但是有的时候就必须按照固定模式操作,比如竖着进的钥匙就不能横着拔出,生活有时候需要坚持,有时候需要变化。明白了,就不烦;糊涂着,麻烦就会源源不断……

2019.8

2019 思绪杂感

傅雷说:"社会上,家庭里,太多的教训使我们不敢真诚,真诚是需要很大的勇气做后盾的。"这种勇气可不容易,有点奋不顾身的感觉。大多数人都希望别人能够真诚一点,轮到自己却又顾虑重重,或者虚伪世故。我感觉在这件事上不要去追求公平、对等,既然已经想好了,就这么去做,勇气来自心安。

一位老者说,一个人不懂事就一辈子不懂事了。也就是说,不懂事这件事如果小时候没有解决,大了以后就没有办法了。不懂事其实就是不明事理,思维和处置失当而不自知。不懂事自然也有程度上的区别,轻微或者一些细节上的不懂事无伤大雅,甚至还会有点可爱。最为糟糕的是自得自信的不懂事。

一张照片上,树太大了,人就会显得很小。实际上,人生在世,的确是太小太小。同时,人因为有了思想,会从一个渺小的状态逐渐走向强大,会让那些貌似强大的事物成为一种弱者,这便是智慧的力量。不同的人有不同的智慧基因,后天不懈的努力可以对它们有所改变,因此绝不能放过一切时间和机会。

安静,是一种心态。很忙很累但是心里不急不慌,就是安静。心浮气躁,想法太多,欲望太大,都会乱心。安静不等于一潭死水,那种没有想法、没有目标的安静其实也挺可怕。如此,安静也是一种境界,身体或许很累,心情却不仓皇,悠悠地一桩一件地做着,把单调的时光过得有些色彩,把平淡的日子过得有些滋味。

因为必须去读一本书,即便很好,也难免有些艰难。但是读着读着,会沉浸其中,忘了烦恼。一些点拨,一些警示,一些体会,一些共鸣,会让人慢慢放松下来,有一种平和享受的感觉。这样的过程很奇妙,超乎预期自然是意外收获。总是这样,出发的时候心里只有目标,到达之后会发现收获远远超过预期。

自然而然是一种境界,不刻意,不做作,有努力但没有强求,有目标但不会为实现它而不择手段。自然而然是一道风景,云淡风轻,自在潇洒,尽心尽力都在平心静气之间,孜孜以求尽显从容不迫的气度。自然而然是一种自信,即便真的不成,也不会垂头丧气,更不会捶胸顿足。轻轻一笑,下回再来。

知其不可为而为之,有时是利益的诱惑,有时是对手的激将,有时是别人的怂恿,有时是自己的误判,还有可能是方向错误,不值得不合适而竭力为之,结果自然不会太好。知其不可为而为之,有时是一种无奈,一种义不容辞,一切问题都不是问题,一切困难都只能去克服,且结果只能是成功,或者就已经是一种成功。

保持心态,保持状态,不是一件容易的事,也不是你想就一定能。但我们可以试试,如果做到了自然很是欣慰。面对过往的自己,面对许多了解熟悉的人,我们会发现不少人在多数时候找不到感觉,更不用奢谈"保持"二字。外界挤压,内心渴求,会是动力,也会造成又一次失落。珍惜在状态的时光,其实就是珍惜一个机会。

在某个节点,回顾过去,是必需的。许多经历和经验值得回味,许多付出和辛劳值得纪念。每一个个体的记忆也是如此,日日匆忙,似乎也充实,时时用脑,似乎也用心,但回头再看,除了忙碌没有留下什么,所谓思考不过人云亦云。为国家尽力,从小处着手是对的,从大处着想是必需的,真心对待,认真去做,就对了。

能够在乡下有间房是一件不错的事情,乡间的风光,相对自然的状态,能够让人放松、安静,身心得到舒展。当然乡下也不是世外桃源,真正能够让你放下的,不是外界的因素,而是你自己。所谓心远地自偏,就是这个意思。不管怎么说,换个环境,到一个陌生的地方,对于每个人来说,应该都是一个不错的选择。

生活是琐碎的,柴米油盐这些事情会耗费一个人不少精力。但是生活也是活色生香的,细细地去体味,会发现许多让你感觉温暖的东西。因此不要慢待生活,或许随着时间的流逝,生活中大部分记忆都消逝了,但当时那一刻的感觉,那一份温馨、踏实,太重要了。人生不仅要有崇高、伟大的追求,也要有细微、亲切的瞬间。

做事情需要有计划,需要按部就班地一件一件慢慢地来。但是到了一定的时候也需要集中精力打个突击。把自己孤立起来,让自己安静下来,全身心地投入一些事情当中去,才会提高效率,做出成果。不能太相信自控力,环境因素往往十分重要,而强制的手段尽管有些粗暴,但它或许会收到一个很好的结果。

降温了,早晨出门时留了个心眼,带了一件长袖衬衣,中午回来前换上时,忽然感觉大脑有些"短路"——居然也是一件短袖衬衣,而我分明是从放长袖衬衣的那个抽屉里拿的,显然我当初把它装错了抽屉。放错抽屉的短袖衬衣,一个夏天都没有被动过,而这人世间还会有多少人和东西被放错了地方?一段时间或者一辈子。

当我得知她离开了这个世界时,在心里在网络找寻着有关她的信息,回忆着有关她的点点滴滴,我知道,我是忘不了她了。同样,许多人也会和我一样,在回忆在难受,他们也是忘不了她的。她不仅是救活了一个个孩子,她还救活了一个个家庭,她一辈子总是在做的,都是这样一件件救死扶伤的善事,她会活在很多人的心里。

由于特殊年代的摔打,一些人没有受到良好的教育,也没有受到很好的对待,于是他们变得粗糙甚至怪诞。当老了的时候,他们越来越找不到感觉,越来越不招人待见。他们的悲剧在于时代,他们迷失得太久,沉陷得太深,无法自救,没有能力改变。但他们孕育并尽力成就了下一代,仿佛从污泥里托出一朵朵洁净的莲花。

有时候,很多事情会一下子集中到一起,让人有一种猝不及防的感觉。这时候心态很重要,不能慌乱,也没必要抱怨,调整状态,加快节奏,一件一件地做下去,事情自然是越来越少。人生不可能是均匀有序的,日子也是如此。忙时保持状态,一鼓作气;闲时休养生息,云淡风轻。每一天从容过着,一辈子就不会太差。

微信朋友圈作为一个交流、沟通的平台,其优势和作用不可小觑。但在这个平台上,必须适当地约束自己,过于骄横偏激,过于矫情无趣,都会让别人不舒服。在我看来,有些东西不能勉强,看不惯就不要看,好在微信有这些功能。做人不能太随意,还是要顾及别人的感受,一些在家里都不能做的事,在外面更不合适。

虽然诺贝尔文学奖每次开奖后都会议论纷纷,但总体来说它不会差到哪里,因为全世界优秀的作家太多了,选谁都没错。当然,诺奖有它的局限和偏见,但它相对公正权威。

绝对要相信这个世界上什么人都有,简单的、大气的、大大咧咧的和复杂的、小气的、斤斤计较的,都有。但是即便清楚这点,遇到极端个例,还是会忍不住感慨一番。算计的人会感觉随意者蛮搞笑,简单者会认为复杂的主儿太累,斤斤计较者永远不明白什么叫云淡风轻,大大咧咧的人时常会哈哈一笑。这世界就是这么生动有趣。

其实我们都明白,人生到最后不过是一场空,但是我们还是忍不住去追求一些美好的、有价值的,或者感觉很划算的东西,因为这些追求会给我们带来片刻的喜悦,让我们觉得平淡的日子有些色彩和滋味。所以我们不必为自己的一时冲动而后悔,也不必对自己不够崇高、伟大而自卑。人生其实很简单,充实而有感觉,就很好。

一个人一定要对自己有个清醒的判断和定位,有些虚夸的溢美之词真的不可以当真,如果你把它当真了,到处宣扬,最后难堪的只会是自己。所以说,务必要有自知之明,与其在意别人的评价,还不如埋头去做一些实实在在的事情,真的到了有所成就的时候,不用别人说,你自己心里也会有底,自然也就不会尴尬了。

到一个陌生的地方,最大的好处就是,你会让自己的感官处于一种清醒乃至兴奋的状态,因而可以比平时更敏锐地感受和发现一些新的东西。古人常说行万里路,或许也有这个因素在里面。在一个地方待久了,难免麻木和无感;离开一段时间,看其他地方的人和事,或许能产生对比和联想,有些启发和思考,可谓善莫大焉。

超越自己不是一件容易的事,很多时候,我们感觉自己就只能这样了,不知道自己还有不少的潜力,问题是我们很难激发出它们。因此需要外来的压力和刺激,那些让我们感觉不是太好的东西。这是一个矛盾体,一方面我们希望有这样的压力和刺激,一方面我们又拒绝接受,因此,所谓机遇有时候并不为我们所欢迎。

很多时候,不是别人在要求我们,而是我们自己要求自己要这样做,不能那样做。如此或许要比被要求累很多,可一旦完成,那种感觉也会很好。人生就是这样,你是怎样的人,就会有怎样的经历与遭遇。按照自己的感觉去做,苦点累点都乐意;如果不能如此,或者不愿如此,那一定会出现障碍,自己也不会很开心。

尽管有不少人浮躁,投机取巧,哗众取宠,但也有人在做一些实实在在的事情。所谓爱啊,责任啊,不能停留在嘴上,要有具体的行动。对于孩子们,一定要用心,给他们一个清晰的第一印象,风趣生动,深入浅出。一味地灌输或者生硬刻板地解说,都会影响效果,甚至引发反感。我们不仅要做这件事,还要做好这件事。

回不去的生活,不仅是一种自然规律和情感上的必然,同时还是一种物质上的无法适应,当然是指在一个发展提高的状态下。我们时常会怀旧,但那只是一种心情,当不得真的。乘惯了动车、高铁,再去坐绿皮火车,各种不适应,让人意外。初遇时的新奇,曾经的感觉,完全找不到了。物质生活貌似也是一条回不去的路。

复制粘贴,是中国现在城市乃至乡村建设中的普遍现象,简单、方便、省心、稳妥、渐渐地,我们的城市和乡村变得几乎一个模样,失去了个性,也就失去了色彩和魅力。当走在异乡与走在自己的城市里的感觉差不多时,异乡也就失去了诱惑,旅行的乐趣自然也就如一杯白开水,寡淡无味。这真是一件让人失落而伤感的事情。

对不值得的人和事心存幻想,是不少人的通病。原因无外乎心存侥幸,感觉尽管之前让人失望,但是下一次或许会好一些;没有其他选择,或者别的选择挺费事;由于一己的惰性,做不到决然抽身离开。于是便会有又一次的失望、郁闷和愤怒,以及自怨自艾。长此以往,便会渐渐失去动力和活力,浑浑噩噩地混下去。

做人做事精明一些,没有多大问题,只是不能太过,否则时间久了,必然会和别人产生距离感。这里面的分寸不可能有一个标准,在于自己掌握,与时机与对象有很大关系。感情这东西很脆弱,一旦遭到伤害很难恢复,因一时小利而损害感情的事尽可能不做。有些东西拥有的时候没多大感觉,失去后再后悔也就迟了。

埋单这件事真是怨不得别人。购物的时候,东西是自己一样一样挑的,付账的时候才感觉心痛,自然很可笑。不过购物时可以反悔的,甚至付了钱还可以反悔。但人生不能这样,应承下来的事情,再苦再难也要完成,所谓自己种的苦果得自己咽下去。当然也不是不可以反悔、撂挑子,但若你不是这样的人,你就只有咬着牙忍受。

安安静静地在台下,看着别人在说在笑在表演,很有意思。因为自己曾经也这样在台上说笑表演,所以知道其中的一些门道和滋味。当别人看热闹的时候,你在回味和咀嚼,在想着其实一切都是一时的,然后,有的人还在心里热闹着,有的人已经投入另一场喧哗,有的人在想着下一次,有的人则仿佛从来没有经过一般。

在一个很短的时间里集中面对各种各样的人,是一件有趣的事。虽然你不明白有的人怎么可以这样无礼和傲慢,有的人怎么可以那般急功近利,有的人心态不可思议地出现一些问题。但如果你掉转身,你会发现,你完全可以忽略掉他们,过自己的日子走自己的路,完全可以。

强求自己,感觉如果不做些什么似乎不应该,这样的心态类似强迫症。不能够放松放下,总想着"因为"后面一定要有"所以",奔着一个目标一定要有收获,却忘了没有"所以"就是一种答案,没有收获其实已经收获了。走过看过用心过,决定不出手和放弃,是一种成熟。

学东西做研究,会遇到一些意外惊喜,而这些所谓意料之外的东西其实也并不意外，它们一直在那里，你只要盯着一个目标一直做下去，就会遇到它们。如此说来，意外惊喜就是一种奖赏和助力器，让你有信心和力量继续往前走。因为意外所以好奇和向往，因为惊喜所以充满诱惑，枯燥单调的时光由此愉快而生动起来。

民国一位老先生认为古人的好文章已经太多，自己没必要再出版作品集，于是，他作文不留底稿。私以为现在的人如果都像老先生这样想，那么世间的书将会减少绝大部分，纸张油墨等都会节省很多。当然这样做的结果是会埋没不少有价值的书，因为各人的标准和水准不同，机遇不一样，判断失衡一定会导致结果的偏差。

整理一段时间购买的书，会发现有些书是大可不必买的，有些钱完全可以不花，但当时往往都是理由十足，急不可待，这些没有什么意义和价值的书非但花钱，而且占地方，很不值当。人生许多事其实也是如此，当时认为值得、应该去做的事，事后想想没什么必要，或者别人并不买账、领情，搭进去时间、精力很是可惜，不免懊悔。

错过了时间，播种迟了，自然比不过人家，这也是没办法的事，所谓一步迟，步步迟。人世间这样的事情多了去了，如果自己明白，心态平衡，便没有什么问题，但偏偏有人不是这样，怨天怨地怨别人，唯独不怨自己。其实怨自己也没有什么意思，多了，或许还会有负面效果。从当下开始，一步一步走下去，就很好。

没来由的病，实际上都是有原因的，只是没有留意而已。全神贯注于其他事情，或者为外力所追逐，或者麻痹大意了，总之没有关注自己的身体，疾病自然会乘虚而入。这个"虚"既是身体的状态，也是自己松懈。所以，生病是一种埋单，也是一种惩戒。如此，只有但愿是小灾小病，很快会度过，并且还有很大的回旋余地。

策划一个活动，然后落实，然后收尾，是一个系统工程，一个环节不到位，都会影响全局。当然最重要的是策划,一个好的创意至关重要,直接关系到活动的成功与否。这里的"成功"包括是否新颖到位,能否产生预期的效果,甚至让人回味难忘。落实和收尾不仅是实干,还需要理解,彰显策划中的亮点,而不是减分。

做一件事情,很不顺利,一波三折,心情难免有些波动。如果能够调整一下心态,前前后后考量一番,没准会发现,慢一点不一定就是坏事,它或许是一脚急刹车,或者是一剂清醒剂,让人从一种状态中停顿下来,解脱出来。然后你可以在这个空当里,把之前的活再做细一点、周全一点,毕竟尽可能的好才是终极目标。

俗话说,人不哄地,地不欺人。你在松土施肥上下了功夫,土地就一定会给你一个满意的收成。其实何止是我们的种菜养花,任何事情不都是大抵如此吗?你用心了,尽力了,大多会有一个理想的结果,当然也会有天灾人祸、不可抗力一类的东西,那是我们无能为力的,不是还有一句话,叫作"我尽力了,我就不会懊悔"。

人们常说"家有一老,如有一宝",应该是指老人有着丰富的经历和智慧,对于年轻人来说,有着很好的指导和借鉴作用。当然需要我们用心,知道老人大概有什么,知道自己要什么,否则没准会失望的。如果老人经历丰富,而你又特别感兴趣,那么无疑是非常有趣和过瘾的。同时还不排除一些意外之喜,寻宝不就是这样吗?

果实生长在地面下的东西是很有风险的,因为在被挖出来之前,你没办法证明你的实力或者价值。因为更多的时候人们只能看到它们地面上的枝干藤蔓和叶子,并以此判断优劣。就如同那些花花哨哨的人,嘴皮子溜,面子上光,往往很吃香,当然最后还是会露马脚的,就如同地里面的果实被挖出来的时候,一目了然。

做学问真是来不得一点虚假,功夫不到,就没办法了解一些事实、明白一些道理。关键是你并不知道你欠缺什么,如果你再不小心谨慎,就很有可能得出不正确的结论,说错话做错事,贻笑大方。学然后知不足,江湖越老胆子越小,说的都是这个道理。有的时候做事可以胆子大一些,做学问的时候却是万万不可如此的。

亲近土地时,主要是体力的付出,时间久了也会感觉到辛苦;亲近土地时,做一些简单的体力活,会让整个人放松下来,因此并不感觉很累。一直处于一种单一的状态,会让人疲倦甚至厌烦,因而亲近土地是一种调节和改变,让日子不再单调,让心情不再麻木。亲近土地是某种意义上的复原和回归,轻轻松松,自然而然。

用心去做一件事,时间久了,自然会有收获。有时还会有一些意想不到的收获。实际上所有的收获都在那里,只是我们不知道罢了,所以尽管去做,不急不躁,踏踏实实,时间久了,自然会有惊喜。当然,坚持很不容易,很辛苦甚至很艰难,稍一松懈就会前功尽弃。人的一生其实就是修行的过程,心态平和从容一些就好。

凭空制造出一个购物节,是一个很了不起的创造。实际上它是对产销双方需求的一种整合和引导,时间节点也是恰到好处。由此可见,生活中永远不缺少机会,只是我们没有努力和用心去思考和发现。推而广之,无论是做事还是为文,循规蹈矩,一成不变,而不用心用脑,都不会有很好的收获,更谈不上有所突破和提高。

一个人安安静静地整理一些看似杂物的东西,是一种很有意思的事。它像是在时间的隧道中回顾,许多情境,许多细节,让人唏嘘感慨。有时候它又像是一个线索和开关,开启我们记忆的闸门。尽管纠结和不舍,但还是会丢弃掉一些东西,岁月不居,记忆也终将归零。用文字记录和凝练我们的记忆,或许可以弥补这种遗憾。

2019.9—2019.11

随嘴踏

半个小时能写多少字,还真的没有留意过,试试吧。

其实在车上这已然成为习惯,因为这样的碎片时间,可以发呆、闭目养神,也可以刷微信、上网聊天,如果你不讲究,还可以煲电话粥、吃东西。总之,可以做的事情很多。我喜欢翻翻书,写写东西,当然是那种碎片化的阅读和写作。

从这点来看,乘坐公交车似乎要比自己开车好一些,大脑和双手闲着,可以做点事。一天之内,东奔西走,属于自己的时间真是不多,利用好碎片化时间,是需要的。

天气冷了,到哪里都缩手缩脚,但是阅读和写作的时候却不会这样,因为比较放松。不过这也是相对而言,写作的时候能够放松到什么程度,还真不好说。外部的大环境和自身的各种顾虑,让我们多少有些缩手缩脚,形成的文字自然也就支支吾吾,或者气息不畅,看上去别别扭扭。其实不仅是别人看了不舒服,自己也会不满意,只不过时间久了,习惯了,甚至让别人以为是个性和特点。

实际上生活中许多东西都是这样,不正常不自然久了,大家都习惯了,也就顺眼了,也不觉得有什么问题了。细想起来真是恐怖,我们的生活和人生就这样慢慢走了样变了味,而我们却根本没有意识到。

也许有人会说,即便你意识到又能怎样?是啊,又能怎样?

一个人一辈子，大都是能去的地方有限，活动的半径自然也有限，到了一定岁数还会越来越小，这直接限制了我们的见识，而缺乏见识是一件很糟糕的事。很多时候，我们认为只有这样只能这样，实际上并不是如此，只是我们想不到罢了。因此生活中许多问题实际上都不是问题，但我们就是无能为力，所以增长我们的见识很重要。

做不到行万里路，只有尝试着多读书，多观察，多思考，有足够高度，自然就会轻松自如一些。没办法，我们也只能在现有条件下，尽可能做得好一点，让自己轻松一些。

一直认为放过别人就是放过自己，但现实当中能否真的做到还是问题，心胸和定力都有问题，放过不是不明白不计较，只是没必要过激，逞一时之勇。

苏东坡说"何时忘却营营"，证明他还是没办法忘却。其实也很正常，一个人如果什么欲望都没有，既不现实，也不可能，简直就是了无生趣。只是不必太急吼吼、太争、太较劲，就好了。

又在公交车上，又用了大约20分钟的时间，这回只写了大约400字，相比五天前，要差不少。不过加起来就可观了，积少成多，数量上好看一些。

2020.1

骑车随感

　　早晨上班,骑青桔单车,挑了一辆干干净净、车筐里没有餐余垃圾的。骑到半路,忽然感觉龙头一别,又试了一下,发现转向轴出了问题,要转弯时转不了,不由得惊出一身冷汗。想想看,如果遇到需要转弯或者下穿时避让机动车,车子僵在那里,没准会出大事。赶快停车,报修,并注明:赶紧修!

　　换了一辆车,也很干净,先试了试龙头和车刹,都是好的,才开了锁,上车以后,骑行正常,但总感觉哪儿不对头,停下来琢磨了一下,原来是龙头歪了,尝试着校正回来,没有成功,好在不影响骑行,于是继续骑,只不过一个胳膊伸直了,一个胳膊弯着点,思想有点小紧张。

　　两辆车看上去都是好好的,但都是关键部位出了问题,可见有些时候有些东西只看外表的光鲜好看是不行的。

　　骑车之前先试刹车,也是有教训的。一次骑车,上车不久发现少了右刹把,而左手又拿着手机,急忙手脚并用,刹住了。接下来,一路小心谨慎,再不敢大意。

　　还有一次更悬,两边刹车失灵,幸好及时发现,立刻换车。

　　没有刹车真是一件很糟糕的事情,就像小孩子和小宠物实际上已经很累很困了,但就是不知道也不愿意停下来,这时候大人(主人)如果出面强行制止,他们(它们)很快就会安静下来,甚至进入梦乡。因此不管小孩子还是小宠物,兴奋过头了,或者人来疯,处于失控状态时,家长(主人)都应该果断出面制止。某种意义上说,小孩子小宠物的错,根子是在大人(主人)身上。

还有一种人也是这样,已经很风光了,还总是在刷存在感,抢镜头和主位,挺招人烦的,对于这样的人,周围的人也应该有所表示,否则,他还不知道多么自我感觉良好呢。

打住,从一件事情扯到另一件事情,再扯到另外一件事,没完没了,是病,得改。

2020.7

特别的日子，随便说几句

特别的日子,随便说几句。

今天是老爸老妈很重视的日子,家里一大一小也很重视的日子,自然要重视。好在今天还有不少大事好事,特别是合肥又在央视《新闻联播》里好好地露了一次脸,因此,今天是个不错的日子。中国人讲究吉利,我也不例外,呵呵。

一口气做完两件事,或者说把两件事收了尾。再具体点说,是关于写作方面的,在别人看来或许不是什么事,在我这儿,就是必须认真对待的事。——有时候的确不要和别人比,与其相比之后自惭形秽,不如和自己的过去比较一番,因为泄气是一件很可怕的事情。

如果有很好的执行力,计划是个好东西。——制订一个切实可行的计划,然后努力去做,直至完成,是一件很有趣的事。某种意义上,计划不仅仅是一个安排和提醒,还是一种约束和鞭策,完成计划的同时,个体的意志和能力也得到了历练和提高。

好时光不是总会有的,在这样秋高气爽、暗香浮动的日子里,不多做点事简直就是罪过。——这样的感受是真实的,惜时,便不会虚度,就会想着做些什么。

奔着目的而去的过程中,或许会有一些意想不到的收获。行动的魅力也许正在于此。——在我畏难、懈怠的时候,我总是这样告诫自己,经过多次实践,感觉的确如此之后，更是坚信。目标之外的一种刺激和诱惑，也可以说是一种奖赏。

别人不以为然的事情，认准了尽管去做，没准他们的不以为然是另一种消极。——唯有如此，才不会犹豫彷徨，才能够一如既往。想法不同，境界不同，判断自然不会一样。因此也不妨思考一下，对方的人品、能力，到对方的说话时机、动机，都可以作为判断的参考。

能力不够，或许可以用勤奋补一点，其他的，就只管去做。埋头干活，不看别人，也许是对的。——实际上就是保持一种状态和定力，人生苦短，唯有抓紧时间，拼力去做，才不至于虚度。

得不到的东西不去多想，费时费力得不偿失；得到的东西好好珍惜，不会永久拥有，就得收好用好。——看通看透，才知道怎么取舍、怎么往下走。

有些事情，扭过脸，不去看不去想，也就不闹心乃至恶心了。有点消极，但一时没有更好的办法，只能如此。——有时候消极和豁达很相似，但消极是不放过自己，豁达就不一样了。

有些所谓老生常谈，实际上是你习惯性屏蔽，仔细琢磨，或许就是这个道理。——所以人生才需要不断思考，求变求新，一成不变、总是如此，都可能会有问题。

要收山芋了，要点蒜种菜了，要想着今年还能做什么，明年还要做什么，转眼即逝的光阴，从来不和人开玩笑。——碌碌无为的实质，是对自己人生的不负责任乃至放弃。

投入有产出，付出有回报，称心遂意、颗粒归仓后的假期，值得期待。——准确地说，这样的假期伴随着我们充实有为的人生，仿佛一个个驿站和休闲区，它们是我们继续做起来走下去的动力。

2020.9

关于 2020 年

2020 年终于就要结束了,长长地松了口气。

如果用一个字描述这一年,那就是"熬",煎熬的"熬"。的确,这一年太不好过了,一场疫情改变了人们的生活方式和节奏,甚至让所有人的人生轨迹因此或多或少地改变了方向。

可以写的东西很多,但又不想将那些琐碎仓皇的日子再回味一番,打算写一些最想说的最该说的话,只是不知道这样的文字自己能不能够写好。

这或许也是一个悲剧。

昨天,12 月 30 日,我写了一首长短句《这一年》:

　　这一年过得很难

　　这一年过得很慢

　　这一年失去太多

　　这一年步履蹒跚

　　这一年切肤之痛

　　这一年祈求平安

　　这一年看了又想

这一年想了又看

这一年刻骨铭心

这一年如此不堪

这一年二〇二〇

这一年闯过一关

哦

这是怎样的一年

又是怎样度过一天又一天

这是劫后的一年

每时每刻分分秒秒的执念

其实我也知道，这样的东西写得很含糊，而含糊不清的东西基本上是没有什么意义的。其实我想说的是，在即将过去的一年里，我们不仅仅遭遇了疫情，以及随之产生的惶恐不安，我们还遇到了让我们感觉压抑郁闷的环境，在这样的环境里待久了，会让人偏执或者发蔫，因此可以说，2020年的最大灾难来自精神层面。

人类的膨胀与贪婪，让这个世界走到一个很危险的境地，因此，如果疫情能够让大家冷静下来、慢下来，咀嚼反思一番，那么未来或许会好一些。

于我而言，幸亏有写作，让灰暗寡淡的日子不至于太寂寞。

家族记忆《秋毫露滴——庐州刘氏文墨初辑》的书稿改了又改，越改越完整，越改越有些后怕，可见有些事情的确是急不得的。图片这块拖拉了，影响出书的进度，需要尽快改正。

权衡、犹豫之后，决定与安徽新华电子音像出版社合作出版"品读合肥"系列丛书，并先后完成《合肥这座城》《漫步合肥街巷》《合肥时尚方言》的整理和写作，同时整理好《合肥风雅往事》的部分稿件及写作计划，第一批四本书有望在2021年出齐，也算是了了一桩心事。

"政屏说书"的回顾文字也在写,虽然没有达到进度的计划,也没有想象中的高度,但能够先写出来就好,就有修改提高的基础。

这一年里唯一出版的图书《傅雷:我爱一切的才华》可谓意外,入选江西全省、安徽(包括合肥在内)部分城市的暑期阅读推荐书目,几个月内,加印四次,总数达到两万八千册。对于我来说,这是前所未有的。尽管稿酬所得甚微,但还是有一份欣喜。

这一年是我人生中最为困难的一年,与往常不同,它也是很多人最为困难的一年,当大家都处于一种类似的境地时,往往会产生一种削减效应,它会让大家有一种减负的感觉,其有利的一面是减少被伤害的程度,而不利的一面则是会松懈麻木,进而不以为然。这很可怕,也很糟糕。

这一年里最为庆幸的是父母和妻子身体都很好,特殊时期家人的平安无事显得尤其珍贵。而儿子的逐渐成熟也让我感到欣慰。正因为此,我才"毅然"决定在12月份实施六天的云贵之旅。也许是天意,此次出行有一个细致贴心的好伴侣,其收获也远远超出预期,给了我极大的鼓舞和动力。

有过一些不如意和不成功,也有过一些不期而遇的小惊喜,忙忙碌碌,琐琐碎碎,抬眼能看到一片蓝天、几朵白云,便会感觉很好。

有了这么一番回顾,再来看我于2020年最后时刻写的感言,便容易理解多了。

辞旧迎新,通常会有感慨,今年太不容易,感慨自然更多。

没用时间,安静不下来,说几句吧,也算还没麻木。

这一年一个"熬"字,这一年始终顶着,这一年做了不少事写了不少字,一颗心渐渐安宁下来。

不想转眼便忘了,也不想装着云淡风轻,惶恐就是惶恐,闯关就是闯关,从此格外珍惜平安。

幸亏有那么几天的蓝天白云,难得坎坷曲折之后还算圆满,因此明白了饭不必吃太饱,利不可要太多,或许一切自有安排,或许有时真的是失就是得。

简单的生活需要懂得一些简单的道理,自在的人生往往只要那么一点点获得,真明白常常在心里,说出来便是无趣。

新的一年,继续闯关,继续坚守,再简单一点,再纯粹一些,家人安康,大家吉祥!

如此,就是大运气,就会大欢喜!

是的,我的确就是这样想的。

2020.12

有关图书

"4·23"世界读书日随想

我们现在所说的读书,大多是指阅读纸质书,这肯定是不全面的。很多人特别是年轻人,通过手机和电脑阅读作品,无疑也是读书。

不可否认,在我们周围有许多人是不读书的,有些人一年甚至几年都不会读一本书。

世界读书日实际上是一种提醒,让那些不读书的人记起读书这件事。

总体来说,读书是一件很私人的事,但分享也是读书有益的组成部分,有时候我们想把自己的感受告诉别人,有时候我们会在别人的分享中得到启发和帮助。

其实读书也不是一件特别了不起的事情,我们不能因为自己多读了几本书就瞧不起那些读书少的人,况且多读书并不意味着你就比别人更明白更有能耐。

读书是一种生活方式,读书是一件自然放松的事,读书不是一个负担,读书应该是一种享受。当然,这一定是除去考试、研究等目的性很强的读书。

用一种公开的方式记录自己的读书进程，是无可厚非的，与其说这是一种虚荣，不如说这是一种自我加压。

买书读还是借书读，因人而异，在我看来，买书读可能会安静从容一些。当然借书读本身就是一个压力和促进。

爱读书的人再困难都会读书，不爱读书的怎么劝说引导都不会去读书。两个极端之间的那些人都有可能成为读书人。

读书是一辈子的事，是一件影响家人惠及后代的事。

读书会影响和改变我们的思维方式、气质涵养，自然也会改变我们的容貌。

真读书，读懂读通，至为重要。否则，一切都无从谈起。

2019.4

读书与做人

忽然想到"读书"和"做人"到底哪个更重要？其实我是不应该将这两个概念对立起来的,相对而言,自然是做人更重要,但做人一定离不了读书或者间接读书。

那么仅仅爱读书就能够做好人吗？答案是否定的,因为有些人读一辈子的书,也没有读明白,遑论做人了。

不可否认,有些人读书仅仅为了娱乐和消遣,有些人读书仅仅为了寻求某种刺激,有些人读书仅仅为了了解一些知识,有些人读书仅仅为了掌握一些技巧,尽管都是些俗世的实用阅读,但相对而言,后两种更接近于读书的本意。

同样不可否认的是,有些人读书动机是猥琐和邪恶的,比如怎样心机算计,怎样玩弄权术,怎样逢场作戏,怎样两面三刀,在坏书里照单全收,在好书里专学阴人、损人和坏人,这些人读书只可能是越读越坏。

要承认有的书是有瑕疵的,有的书优劣参半,有的书问题很大,有的书则完全有害。但关键要看是谁遇到它们,或者一个人在什么时候遇到它们,对于一个成熟自信的人，它们不是问题，但对于浅薄幼稚的人，尤其是孩子们来说，心灵或许会因此致残甚至致命。

即便是一本很好的书，不同的人去读，一个人在不同的时候去读，感受和收获都是不一样的。这样的话很多人都说过，足见此言不谬。不能着急，不能硬来，有时需要智慧，有时需要时间。

读书非常需要有组织，有组织的阅读不但会有氛围，而且会有一种动力，在互相影响、帮助和启发之下，往往可以事半功倍。

但是阅读不能宗教化，因为这样容易盲从，容易走火入魔，同时很有可能被人利用和操纵。

有一种读书只是出于虚荣，有一种读书只是流于形式，有一种读书是外力强迫，有一种读书是源于功利，准确来说，这些都算不得真正的阅读。

真正的阅读应该是自律的，放松的，有理解，有共鸣，有收获，最终必将是舒畅愉快的。

读书最让人着迷的不仅仅是过程的享受、获得的愉悦，更在于意料之外的收获，遍寻不得，不期而遇，那份快乐超乎寻常。

其实读书就是一种人生选择和状态，而做人就是把精神上的积累运用到生活中去，因此读书多少不是最重要的，重要的是你运用了多少，你有没有把读过的书浪费了。

2020. 1

赵昂的三本"正经书"

我发现,我准备为赵昂兄的"正经三部曲"写点东西是给自己挖了个坑。高人之述备矣,有许春樵言简意赅、妙语连篇的两篇序言,有马丽春洋洋洒洒、夹叙夹议的一篇序言。我如果再写,不是泛泛之谈,就是空洞无味。但是大话说过了,多深的坑也得跳啊!

所谓"正经三部曲",是指《正经八百》《一本正经》《正儿八经》三本书,它们虽然分别由安徽文艺出版社、合肥工业大学出版社两家出版社出版,但保持着统一的版式和装帧。更为重要的是内容形式的统一,"正经三部曲"均为文字配漫画形式,绘画者为吕士民、程新德,无论是老搭档,还是新搭档,围绕的都是赵昂的浓缩金句。所谓万变不离其宗,实际上就是守住根本,保持特性。

赵昂自2003年与著名漫画家吕士民合作出版《画里有话》,十几年间,先后出版《开心麻辣涮》《画里话外》《闲言漫笔》《轻描淡写》等多部图文作品,精当犀利的文字,风趣幽默的配图,赢得读者的持续关注和欢迎。碎片化的写作和碎片化的文字形式,并不意味着作品的碎片。对人情世态一以贯之的关注与思考,让赵昂的文字里有着冷峻的判断、沉稳的幽默、深刻的思想,而正是这些,打动了读者。因此,读赵昂的图文系列作品,读者很可能会淡然一笑,会心一笑,开心大笑,而无论是哪一种笑,都是一种共鸣和认可。

赵昂"在时间和空间的夹缝里,心到笔到,随想随记",日积月累,竟然有十几万字之多,绝对是充分利用碎片化时间,不让一日虚度的典范。在这一点上,更多的人是抱怨,叫苦不迭。的确,生活中有太多的困扰和羁绊,我们的精力和时间总是被占有和吞噬,大多数人会在这样的情势下选择顺受,进而麻木。抱怨的表面是一种发泄,其本质是为自己解脱,进而心安理得地平庸下去。

不过,平庸者如我,有时候也会读读书,而且读着读着居然也能读出些味道来。这里且抄录一些,加几句读后感,大家帮着看看,是不是这么回事。

"狐狸:聪明过头近似愚蠢。"

"孔雀:若不开屏,与鸡鸭何异?"

"老鼠:有口粮的地方就不乏鼠迹。"

"囚鸟:囚鸟的自由度取决于笼子的大小。"

这是我从《正儿八经》里摘出来的几句话,或许乍看之下没有什么感觉,如果你再仔细琢磨一下,会发现有的会让你会心一笑,有的会让你若有所思,有的则让你惊出一身冷汗来。

"心虚者借助声势吓唬人,胆怯者惯于肩扛大棒壮行色。"

"浅薄的面孔有多种。故作高深,自命不凡,则是最常见的一种。"

"常听人说无知者无畏,其实还有另一种现象,是无耻者无畏。——一个人如果连脸皮都不要了,他还会在乎什么呢?"

"当善良与无知和愚昧做伴时,常成为邪恶亵玩的目标——不是为贪婪无赖之徒所欺凌,就是为别有用心者所利用。"

这是摘自《一本正经》的,它在让你终于回过神来,嚼出味道来的同时,不由得变得深沉起来。尽管这种"深沉"或许会很久,或许只是一会儿。

"低调:并不意味着仰视一切。"

"风骨:可以没有风度,不可缺少风骨。"

"干净:干净的人坐在一起,彼此闻不出异味。"

"寂寞:耐得住寂寞便不再寂寞。"

《正儿八经》里的这些话可谓高人智语,一些只可意会不可言说的,往往需要很长时间,甚至一辈子去思去想。

这些妙思哲语都是这三本书前一百页左右的内容,如果通读完全部,该会有多少收获?不同的人又会有属于自己的独特收获,可以想象,不可想象。

最后还是说说有关这套"正经三部曲"的闲话吧,也算是一次短暂的头脑风暴后的放松和休息。

2019年初,赵昂把一本《正经八百》送给大家的时候,赢得一阵赞叹,小32开精装,装帧讲究,足够的厚度,有种辞书的感觉。而对于赵昂和程新德老师这样图配文的形式,如此大小的开本似乎最为合适。欣赏之余,我忽然有个想法,赵昂何不把之前与吕士民老师合作的几本书也出一个合集?想到了就说出来了,大家听了都觉得挺好,碰巧合肥工业大学出版社的朱移山副总编辑也在,这件事就算定下来了,书名《一本正经》似乎也就是当场确定的。至于第三本《正儿八经》,则顺理成章一个模样做出来。到今年10月,这套"正经三部曲"出齐了。看着三本精致的书,我有那么些许的自得,毕竟,我有那么一点点的贡献。不用说我也知道,善于给自己找补自信,是弱小者惯常的做法。

其实我还有一个想法,如果赵昂兄再出第四本这样的书,书名可以叫《老么正经》,"老么"是合肥方言,"总是如此"的意思,其实还有一个书名挺有趣,但大伙儿说容易产生歧义,没有通过。

别人一本一本地出书,我在一旁凑热闹,感觉也挺不错,这篇小文字也是如此。三本书文字如何之妙,配图如何之巧,我说不出个所以然,自己去看去悟最好。与其道听途说,不如身临其境,费周折绕弯路挺不合算,读书也是这样。

2020.11

用文学的笔调写作

生活中有些事情的确是说不清楚,在"合肥姐妹丛书"中,姚云的《你在,你不在》我应该是比较熟悉的,因为我多少参与了它的成书过程,在它的编排和书名确定方面都曾经拿自己不当外人,说三道四。这是我的个性,也是我的毛病,似乎自己很懂,行家里手一般。如今年岁渐长,也碰了一些钉子,才有些明白,那是人家有涵养,不点破罢了,真聪明的人,含而不露,也不会轻易开口。

扯远了,还说姚云和她的书。虽然她之前出过《千里白云一梦遥》,而且也有一些名家大咖为她写过序跋和评论,但在我总感觉大家好像还是把她当作一位成功的女企业家,对于她的文字自然也多是溢美和夸赞。我觉得这对于她有些不公平,从文学的角度去评说她的文字,或许是她愿意看到的。

应该说姚云骨子里是一个文青,因此她的文字和那些所谓成功人士不同,也和那些热热闹闹写了不少文章,甚至出了书,结果还没有摸进门的人不同。她文字的基调是文学的,即便是似乎大家都会写的游记,在她的笔下,也有一些文学的味道。

《你在,你不在》按照内容,分了五个部分,为了写这篇拖了几年的文字,最近按顺序翻了一遍,一些想法也就按顺序说了,简单点自然也就不会感觉累,到底还是偷懒了。

第一章"人淡如菊"里是一些性情文字,作者写的时候正流行博客,于是想到就写,有话就说,不一定很讲究,但篇篇都有个性和思想。一个人到了一定岁数和心境,就不会再写(也写不出)这样的文字了,所以无论是《独舞私语》还是《隐居梦》,无论是"就让我做个彻头彻尾的小女人,可以无端地哭,可以无端地笑,无端地不讲理",还是"更畅想自己老年能隐居扬州这样的地方:城市不大,人口不多,秩序不乱,历史不短,风景不差",都有它的价值和意义,文学兴许味淡了一点,性情却煞是有趣,因此会让人记住一二。

第二章"往事随风"似乎是在说过去的事情,实际上是在记录生活,过去的,现在的,有些生活,未来或许还是如此。第一篇《在合肥,诗意的栖居》应该是我为编辑《阅读合肥》约的稿,那是2009年,我才认识姚云。在姚云的记忆里,有学生时代对文学热爱的萌生,有女儿成长的记录及作为母亲的某种欣喜与失落,有对茶对花的偏爱,更有对书的执着的情愫。在有些人那里,生活是逐渐刻板化的东西,色彩和温度被一丝丝地抽去,最终变得苍白无趣;而在另一些人那里,则一直是丰富多彩的。柔软生动的内心,会不断地为生活注入新的元素,如此,记忆是鲜活的,现实是绚烂的,即便有艰难和辛苦,也会面带微笑。

在第三章"种种心动"里,作者说心动、感动乃至悸动。关于花,关于花一样的年华,一篇篇空灵的文字背后,是一颗细腻敏感的心灵。但当读到"女人,是终究要从王子与公主的美丽神话中走出来的,收拾起婚纱,珍藏好水晶鞋,认认真真,踏踏实实,过平凡朴实的日子。至于两人是否能够白首到老,那全要看缘分和造化"这样的文字时,我们会发现,姚云是理性的,看明白想清楚之后,自然会自信而坚定地走好自己的路。

因为担负着责任,姚云是忙碌的,留给文学的时间自然少之又少。但是文学它一直都在,只要有机会,它就会迅速发散开来,而旅游无疑正是这样的机会。第四章"且行且吟"里,就是这样的文字,在徜徉山水,身心放松的同时,文学的花儿开出一朵又一朵。徽州、寿州、焦岗湖、南京、苏州、上海、北京、成都、腾冲、台湾,还不包括国外的山山水水,走一路,看一路,然后将所思所想记下来,作为自己对于文学文字的一种回归，其执着与勤奋让人感动。

兴许是游记类的文字太多了，现在颇不招人待见，报纸杂志用得也少。反思一下，大家都在写，但大多是类似流水账，缺乏独到眼光和见解，自然谈不上个性和深度，因此不是游记不受欢迎，而是好的游记太少，文学味太淡。所以，只要你用心去写，游记不但可以写，而且可以写得很好。

我之所以建议姚云把"你在，你不在"用作书名，是感觉她的文字最为深沉感人的部分，集中在对祖父及故乡的记忆、父母亲及早年的生活，特别是父亲的去世、母亲的衰老。和游记一样，这一类的文字写的人也很多，但同样是写得好的太少，找不到感觉，控制不住感情，往往就会流于絮絮叨叨和泪水涟涟。姚云的文字似乎也很零碎，也充满着泪水，但她的文字有所节制，她的泪水没有让一切变得模糊不清，如泣如诉的同时，她会写下这样的文字："太阳渐渐弱了，寒风吹在身上有些刺骨，我抱紧了双臂。满树粉色的小卡片随风飘荡，仿佛在替我向父亲诉说思念。"

作为一位作家，姚云如果有更多的时间和精力，她一定会写出更为出色厚重的文字，她具备这样的潜质，但她没有这样的机会，为此她不止一次表达她的焦急。虽然我不能想象姚云会放下很好的事业，但我又很期待她能够在文学上有所突破和提升，看似很矛盾的两件事会有解法吗？我想会的，只要心里一直有文学的火种，总是会有机会的，当事业到达一定的程度，或许就是文学勃发的那一刻。

这样的一天挺值得期待。

2020.1

《忘归集》读后

知道建明表哥要出书已经有段时间了,但一直没有见到书,想着因为疫情困扰,许多事情都耽误了,表哥的书或许也是如此。周六早晨收到建玲表姐发过来的建明表哥作品集《忘归集》的电子版,一天之内分几段时间看完,心中颇为感慨。

我祖母一辈子生养了不少孩子,但由于战乱疾病等多种因素,夭折了几个,最终长大成人的有四个儿子和三个女儿,其中二女儿就是建明表哥的母亲,我们称之为"大大"。其实合肥人称呼二姑妈应该是二姥,但据说新派的大姥、二姥偏要和别人不一样,于是一个叫"娘娘"(合肥方言读类似 lang lang 音),一个叫"大大"(合肥方言读类似 da da 音),侄儿侄女们叫顺嘴了,就这么一直叫下来了。

二姑妈一家应该是在 20 世纪 50 年代末去了潜山,那时候省城支援地方,大姑妈一家也是在那个时候去了凤阳。

当时的交通和现在是没办法比的,尽管潜山不远,但是我们很少能见到二姑妈一家人,我第一次去潜山应该是 20 世纪 80 年代初,这之后见面的机会渐渐多了起来。

建明表哥我也是见得不多,但很早就知道他喜欢写点东西,后来时常在报纸上看到他写的一些文字,每每都会有一种触动。这次集中阅读了表哥的作品,我才清楚我一次又一次地被触动到底因为什么。应该是表哥对文字的那份热爱和坚持,几十年来，一直在写，并且越写越好，很不容易，也很了不起。其实对于表哥喜爱摄影，而且痴迷程度不下于写作，我是后来才知道的，同时我也明白表哥这几十年的日子是充实而滋润的。的确，有什么能够比做自己喜欢的事情更让人感觉舒心和惬意？

初读《忘归集》，你或许会感觉到内容和语句上的重复，这样的感觉在第一章《来历传说》、第二章《名山秀水》里显得尤为突出。我想表哥或许也考虑过对这些文字做一个整合或者选择，但最后他还是决定全部选入，关于"孔雀东南飞"的传说，关于天柱山的历史、风物和魅力，他坚持写，用不同的手法，通过不同的角度，从本省到全国包括香港以至海外的报刊上，都留下了他朴实而真挚的文字，我想就凭这，潜山市政府就应该予以鼓励和褒奖。

我们热爱我们生活的这块土地，用我们的力量和汗水为她做着贡献，日复一日，年复一年，看似平凡，其实很不简单。而表哥除此之外，还用他的笔和相机，将他脚下那块土地的种种美好记录下来，传播出去，积少成多，影响越来越大，这就超出了一般意义上的热爱。

我想，表哥在写这些文字拍这些照片的时候，心里可能并没有想得太多，但是几十年后回首，我们会发现，他实际上是在做一个事业，而这个事业的一部分成果，就是这本《忘归集》。"穷幽深而不尽，坐石上以忘归。"越做下去，越往深处做，所能感受到的滋味自然越是独特诱人，"忘归"也就是意料之中了。所谓乐在其中，应该就是这个感觉。从这个意义上来说，"鼓励和褒奖"似乎又没有什么必要，因为没有什么东西能比内心的满足更好。

表哥九岁的时候生了一场不明原因的怪病，在他来合肥治疗期间，我父亲曾和二姑妈一道背着他四处奔波求医，并说："这孩子懂事，背债也要治好他的病。"表哥一直记着这件事，并在四十多年后写了一篇《茅根缘》，详细记录了那段经历，文字之间充满对亲人和医生们的感激之情，足见其印象之深刻、性情之淳厚。

《忘归集》里所收篇章，多为记录和报道，间或会有一两篇散文性质的文字，透着清新灵动的气息,如同天柱山间、山谷流泉边那些并不是特别引人注目的山花翠竹一般,让人印象深刻。别具一格的《照相机的叙说》,生动有趣的《背起出诊箱》,不同寻常的《一个特殊的家》,无不显现出作者敏感细腻的内心和真切动人的情感,让人读后难以忘怀。其实表哥还有不少类似题材的散文,不知道出于何种考虑没有收入进来,好在机会很多,离开工作岗位的表哥一定会写出更多更好的作品。

期待并祝福表哥!

2020.6

傅聪与《傅雷家书》

《傅雷家书》于1981年8月由生活·读书·新知三联书店出版第一版(32开,白色封面),本书收傅雷一百二十七封中文信(给长子傅聪一百二十五封,给次子傅敏两封),朱梅馥一封信(给傅聪)。

傅雷给傅聪的书信的时间跨度是1954年11月18日至1966年4月13日,据傅敏后记(写于1981年4月26日),傅雷写给傅聪的信都编号,记下发信日期,同时由夫人朱梅馥抄录留底。可惜这些底稿在"文革"期间全部丢失了。傅雷和朱梅馥在给傅聪写信时,一个侧重于启发教育,一个侧重于生活琐事。十三年间,傅雷给傅聪的书信有一百九十封,朱梅馥给傅聪的书信也有一百多封。傅聪一直保存着父母的家书,但因为搬过几次家,散佚了一些。尽管如此,还是保留下来了傅雷先生的大部分家书,因此可以说,如果没有傅聪,就没有今天家喻户晓的畅销经典《傅雷家书》。

傅雷也曾经给傅敏写了不少书信,但在非常时期,全部被傅敏烧毁了,仅有的两封,是在发还的抄没物品里发现的。

1982年春,傅聪托人将他保存的父母亲的家书原件带给傅敏,翻看比对,同时经过有关资料的核对,傅雷1954—1966年信件"应该有"三百零七封,其中英法文信件九十五封,朱梅馥信件"现存"六十五封。于是生活·读书·新知三联书店在

1984年5月出版了《傅雷家书》(增补本)(32开,蓝色封面),即第二版。

据傅敏《增补本后记》(写于1983年11月8日),本书摘编傅雷给傅聪中文信一百三十七封,英文信十七封,法文信六封,摘编朱梅馥给傅聪信十六封(包括英文信一封),给傅敏信两封,合计一百七十八封。

从一百二十八封到一百七十八封,增补了五十封,是《傅雷家书》增补量最大的一次。而这,全部来源于傅聪保存的家书原件。

在这本书里,还附录一封傅聪写给父母亲的家书(写于1956年5月18日)。傅敏在《傅雷家书》第一版后记中写道:"如果能把父亲和哥哥两个人的通信一起编录,对照阅读,必定更有教益。"但傅聪的信虽然被傅敏精心分类保存,后来也都散佚于混乱时期,仅有的这封信还是朱梅馥当时抄写一份寄给香港友人,才得以保存下来。

世间的事有时真的是出乎人们的意料,估计谁也不会想到傅聪的书信居然还能够被找到。

几本练习册,分别被标注为《聪儿家信摘录·学习经过(一)》《聪儿家信摘录·学习经过(二)》《聪儿家信摘录·音乐讨论(一)》,摘录者是朱梅馥,"端端正正,一笔不苟"!

由于这些抄件都有日期和编号,所以如果按照傅敏的想法收入《傅雷家书》,对于读者来说,应该会更容易理解傅雷家书的内容,但是傅聪没有同意,他认为自己的书信都是年轻时随意写的,不适宜放入书中。我挺理解傅聪的想法,他不愿意自己不够成熟和不够有条理的文字变成铅字。

2006年1月,《傅雷家书》改由天津社会科学院出版社出版,此版第一次用傅聪的六封信作为《不是前言的前言》。不是很清楚这六封"残存"的信的来源,但傅聪愿意把它们放在《傅雷家书》里,算是一个突破。

江苏文艺出版社在2015年5月出版了《傅雷家书(学生读本)》,据傅敏编后记(写于1981年4月26日,2015年新春又记),本版家书"从一九五四至一九五八年父母家书中,精选出父亲信七十一通,母亲信三十五通,外加同期傅聪家信四十三通,共计一百四十九通,编成父母与傅聪往来家书集,更适合中学生阅读"。这应该是傅聪书信摘录第一次被收入《傅雷家书》。显然,为了"更适合中学生阅读",傅聪再一次让步。

  的确,傅雷先生的家书不仅仅让傅聪得到指导和帮助,也让广大的读者受益匪浅。尽可能地保存了父亲的家书,使我们今天能够读到《傅雷家书》,傅聪功莫大焉,至于他写给父母的书信是不是被收录进书中,我感觉还是应该尊重他的意见,能够用注释的地方,不一定要用他的书信原文。毕竟,尊重是最要紧的事。

2020. 12

父亲帮我改稿

家族资料文稿断断续续写了几年,但正式交给父亲看的仅一两篇。尽管我多次向他老人家咨询、请教,但对于是否将手中这近二十篇稿子交给老人家看,一直犹豫不决。

曾经很排斥父亲为我改稿,因为几乎每次自己感觉良好的稿子都会被父亲改得面目全非,每次我都会既沮丧又抱怨,认为父亲没能理解我的构思和意图。

但有的时候,我比较看重或者没有把握的文章还是想拿给父亲看看,毕竟父亲从事文学戏剧多年,创作和整理那么多戏剧剧本,或许他只是不善于指导和修改别人的稿件,对于儿子更是下手太重。

慢慢地,特别是岁数大了以后,我感觉自己越来越理解父亲了,写的东西太差,太肤浅幼稚,改不上手,有时候改一篇文章比自己重写一篇还要累。当然我也能看出父亲改稿时的一些问题:期望值太高,不能容忍一些小个性小特点,过于讲究文字的架构和干净,在思维上过于严肃正统。

想明白之后,我又会时常把文稿拿给他老人家看,取回来后也会很认真地看待父亲修改的部分,每每都有所收获和感悟。

关于家族史的写作,我一直在摸索和尝试,而把这种状态下写出来的东西拿给父亲看,是有风险的,因为涉及对家族中先人的判断和评价,分寸的拿捏,文字的表述,这些是否能让父亲认可,我心里没底。但是没有让他老人家过目即拿出去发表,显然是不够慎重和妥当的。犹豫再三,我还是决定先拿部分文稿给父亲看。送过去那天,心里颇为忐忑,赔着笑脸对老父亲说:老人家看到什么问题尽管跟我说,千万不要生气哈。父亲说好。我又说不着急,您慢慢看。父亲又说好。

一天两天,没有动静,我这心里稍微安稳了一些,老人家的脾气我清楚,如果有大的问题,或者他认为写得太差,会一个电话打过来:你有空过来一趟。

昨天上午,母亲打电话说,你这几天怎么不过来?你老爸这几天总是在看你稿子,一会查资料,一会查字典,你赶紧过来把稿子拿走吧,再这样下去把他累着。我说好,今天有事,明天就过去。

今天傍晚时过去,父亲说他改了一些地方,让我回家再仔细看,又说总体通顺,但还是有些松散。听父亲这么说,我心里踏实多了。母亲在一旁说,你老爸说,本来这些稿子应该他写的,你写了,他就不要写了。言下之意,我帮父亲做了一点事,而父亲还是比较满意的。

回到家里,急匆匆地把稿子浏览了一遍,发现大的改动没有,小的问题不少。父亲真是字斟句酌,把他认为不必要的字词修改了或者画掉,甚至连我一直没有发现的错别字都改了。

蓦地,我对自己说,老父亲不但身体康健,还能为你改稿,帮你把关,这是一种怎样的感觉和幸福!因此当别人争相炫这炫那的时候,我不妨就来炫炫我的老爸,年过九旬仍然思维清晰,而我总能从他那里增长见识,受益良多。

2020.4

写作随想

我们用心尽力去写的东西,基本上都是速朽的,即便是发表出来或者收进书里也是如此。但我们还一直在写,因为我们想写,也有人愿意看,而且总是在想或许哪一天会写出一篇很好的文章来。

父亲总是告诫我,写出来的东西一定要放一放,不要急于拿出去,过段时间再看看可有要补充修改的。年轻时我总是听不进去,而随着年龄的增长,越来越谨慎了,不敢轻易把稿子拿出去,放一放,改一改,乃至发出去后还要再看再改。并不是胆子小了,而是自己渐渐明白了,好文章是改出来的,何况自己写得不够好。

写了一个"刘访渠的朋友圈"系列,在家族记忆那本书里,因为避免与相关文章重复,一些内容没能写进去。后来把这几篇文章抽出来,和一篇简单介绍刘访渠的文字放在一起,内容自然完整了。作为一个系列拿出去发表时,改为第三人称,修改的时候特别小心,担心漏了一两处,产生歧义。这些文字单独在报纸网站上发表时,需要加上刘访渠简介,否则就不全面。其他几篇里相关内容也可以收进去。如此,一个系列文章就有了四种版本,用的时候总是要想一下,别发错了。想着那些善于"借用"别人文字的人也真不容易,有时候露点马脚、出点丑也是难免,不过,如果不这样做自然更好，提心吊胆的日子毕竟不好过。

终于找到1910年商务印书馆出版的《南洋劝业会审查给奖清册》，确认伯曾祖刘访渠的确是在1910年南京举办的南洋劝业会上获了奖，但并不是家族史料里记录的"最优奖章"，而是二等"超等奖"，由于一等"奏奖"里没有书法作品获奖，超等奖里有书法作品（包括疑似书法作品）五件，这或许就是家族史料里"评者推为当世书法第一，赠最优奖章"的由来。于是我将所有相关文字都改为"其书法作品获1910年在南京举办的南洋劝业会书法类最高奖（超等奖）"，尽管因为有点虚荣，不够严谨，但因为此说没有凭据和出处而忐忑许久的一颗心终于放下了。

"刘访渠的朋友圈"系列里，有一篇是写他与文化大家、中国图书馆的创办人缪荃孙的交往录，后来有报纸要用，不免又看一遍，结果发现关于缪荃孙的简介不够准确全面，于是按照《缪荃孙全集》修改了。关于刘访渠在南洋劝业会获奖部分自然也要改，这时候我不知为什么对于刘访渠一行去缪荃孙家的日期起了疑心：1913年2月21日？正月里？似乎不大可能，虽然有刘访渠曾经在正月里到缪府拜访的记录，但是正月里去人家家里吃早饭似乎不大可能。于是取出《缪荃孙日记》，翻看之后，1913年2月21日并没有这样的记录，我有些慌了，前后翻看，甚至把前后年的2月21日也查看了，还是没有。后来我想起来索引，通过索引再查，终于发现是当年12月21日。终于松了一口气，这样的错误如果自己不注意，别人也不容易发现，以至于不知要以讹传讹到什么时候，才会被纠正过来，一身冷汗。所谓做学问写东西，真是不可大意啊！

2020.9

第二百种《呐喊》之谜

前一段时间,我一直在困惑,我是不是已经收集到二百种《呐喊》了?如果有二百种了,那么谁是第二百种《呐喊》?

也不能完全怪我糊涂,2020年里,又有几个人不曾恍惚迷糊过?心情不在状态,也就没有心思去统计整理陆续收集来的各种版本的《呐喊》。

6月中旬,漫长的雨季开始,想着好好整理一下《呐喊》版本。先是把放在几处近期购买的《呐喊》聚集到一起,然后逐一登记出版社、书号、定价和版本特点,经过一系列细致而琐碎的裁剪粘贴,原有的一份清单变成百衲衣一般。最后是统计,按照电脑和纸质清单分别清点,最后确定为一百九十一种,6月18日为准备父亲节活动网购图书时,顺手找到四种《呐喊》,7月13日又找到三种《呐喊》版本,加上我已经在网上旧书店找到的一种,应该有一百九十九种了。我有些激动,居然马上就有二百种《呐喊》版本了!

我在心里盘算着,这第二百本怎么着也要玩票大的。于是四处搜索,找到两种,比较符合我的心思:一种是1940年第三版的《呐喊》,尽管我有近二百种《呐喊》,但最早的版本只有1954年的,1949年之前是空白,如果购得这本1940年的,那么一下子将版本时间提早了十四年,可谓一个突破;一种是盲文版的《呐喊》,我一直寻觅许久的独特版本,也算是填补了一个空白。但是这两种版本因为目前市场稀缺，价格不菲，同时它们在品相上也不够完好，我很是犹豫。就在这时，7月18日下单的两种《呐喊》到了，我稍稍思索了一下，决定将装帧和封面均上佳的大象出版社《呐喊》（2019年8月版）定为第二百种，而一同购得的万卷出版公司的《呐喊》精装本则为第一百九十九种。

不料，没过两天，在书房书堆里又发现三种《呐喊》，比对了一下，除去一种为重复购买之外，另外两种为新品种，于是顺序数字被改写，新的第二百种《呐喊》是湖南文艺出版社2019年8月第十三次印刷的《呐喊》。7月29日，又收到两本《呐喊》，这么一来，我应该是有二百零四种《呐喊》了。

周末在家开着空调避暑，想着为收集到二百零四种《呐喊》写点什么，顺便也整理一下书架。清点实物过程中，我发现一个问题：有四种同样版本和装帧，但印刷次数不同，这样的版本不符合我起初制定的收藏原则和标准：外观（装帧）不同的《呐喊》版本。于是我决定将它们从清单里剔除，这么一来，二百零四种就变成了二百种，而新的第二百种是天津人民美术出版社的精装本《呐喊》，它的封面上写着"中国当代著名作家、茅盾文学奖获得者贾平凹审定"，估计贾平凹也就是挂名而已。

变了三回的第二百种《呐喊》版本终于尘埃落定了，我的目标已经盯着下一个一百种，虽然我很清楚第一个一百种很是轻松，第二个一百种虽然相对来说困难一些，不过收集速度还是超出了我的预期，但这第三个一百种一定不是件容易的事。不管怎么说，我还是会坚持收集下去的，而且我还给自己定了一个极限期限：2022年底，也就是说在不到二十九个月的时间里，收齐一百种《呐喊》。这几乎是不可能完成的目标，但我知道，相对于另一个目标——出一本与《呐喊》有关的书，它又显得不那么困难。因为撰写一本有内容有质量的书，需要的不仅仅是热情和精力，还有独特的视角、恰当的表达，的确不是一件容易的事。

但我很想做这件事，所以我会用心尽力的。

2020.8

政屏说蔬

琐事随想

几日没看,丝瓜秧子已经很长了,赶紧找了一根竹竿插上,顺手将它缠绕上去,这边还在担心它会脱落,没承想转眼工夫它的蔓已经抓住竹竿,真是让人没办法不感叹大自然的神奇。它是怎么做到的?所谓科学的解释似乎说服不了我。

一直以为这种紫色的植物叫紫罗兰,今天查了一下,它的真名叫紫竹梅或者紫竹兰。去年冬天,由于没有及时收进屋子里,极茂盛的一盆被冻死了,心里惋惜了好一阵子。天暖和了,它居然又生出一个个小苗,如今已然又是生机勃勃的模样。

如今花卉市场给绿植起名字都讲究个吉祥,比如这盆幸福树,它的学名叫作菜豆树,另外还有二十多个别名。幸福树是可以开花结籽的,只不过很少有人看到过。去年这盆幸福树不断地开花,给了我们不少的惊喜。由于在光线不足的屋子里待了太久,前几天才出户的它看上去有些萎靡,即便如此,它居然又要开花了,真是让人惊喜不已。

辣椒花并不起眼,白色、六齿,且大多下垂,偶尔拍出一张特别一点的,也颇有几分味道,所谓"苔花如米小,也学牡丹开",说的或许就是这个意思。不过辣椒的确也不是以花见长,个性的果实才是它的特色。自从种了辣椒之后,它越来越受到全家人的青睐。

最后一张有点特别,是一只癞蛤蟆,心理素质差的朋友请不要点开。让我称奇

的不是它为什么在这里,而是它怎么能够将自己和环境如此和谐地融为一体。

丝瓜也好,紫竹兰也罢,或者是不招人待见的癞蛤蟆,无一例外都是尽力地适应着环境,无一例外地活出最好的自己,尽管这种思路有些鸡汤,但谁又能否定其中的暗示和意义呢?

我们生活在这个世界上,不可能有那么多的顺境和如意,不纠结,不郁闷,遇事往宽处想,同时努力去做,努力让自己的生命出彩一些,就很好。

另外,幸福花开其实只是一种心情,因为它本身并不没有多少出众之处。如此去想,自然容易做到心平气和。

2019.5

黄瓜辣椒随想

今日得一根黄瓜六个辣椒,又摆起了字,笔画多的不行,折腾好一会儿摆出十多个字,选几个像样的,每个字配一句话,是为"黄瓜辣椒随想"。

人:字无论怎么写,看起来都差不多,具体到实体就不一样了,看起来差不了许多,实际上差得太多。

火:到底一个人多了哪两点就能火起来,估计各有各的说法,况且,有的人的火是引火烧身呢。

大:如果火起来的人,把那两点摆平了,他是了不起伟大了?还是更加强大了?或者二者兼有?到底是哪两点?持续好奇中。

弋:一个极具攻击性的字,为了生存而去攻击鸟类,是可以理解的,为了私欲而去攻击同类,是不道德的。

合:是个好字,但搭配错了,也会很不好。人又何尝不是如此?生在一个糟糕的环境里,也就很难好起来。出淤泥而不染,只是一说。

飞:飞不是人类的特长,但人总是想飞,于是有了各种飞行器。其实那都是东西在飞,人还是飞不起来的。想明白了,就不会做梦了。

凡:很平常很底层,但一使性子,就会不一样,所以一个人是可以努力上进的,关键要走正道,做好自己,否则,估计还要往下跌。

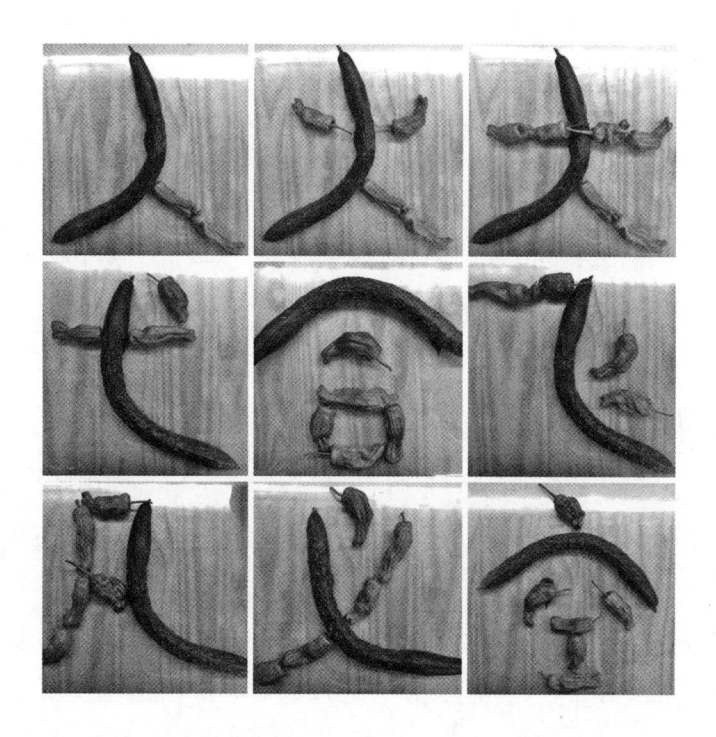

义：它的含义——公正合宜的道理；合乎正义或公益的；情谊。说得很清楚，但是很多人做不到，典型的看上去简单，做起来很不容易。

空：你说我空虚，摆来摆去，自说自话，我说我难得有空，寻个开心。不了解自然不理解，境地不同自然观感不同，一点不奇怪。

这个时候，都睡了吧？我也睡了。

2019.6

辣椒黄瓜的折腾

这次有点多,三十个辣椒,一根黄瓜。想着拍一个合影,结果在谁站前谁站后、谁在中间谁在两边这些问题上发生了分歧。

有的说我个头矮,应该站在前面,高个子往后站。高个子不乐意了,凭什么高个子要站在后面,又不是没台阶。又有说颜值高的站前面,整体效果会好一点,大多数不乐意了:又不是辣椒选美,凭什么长得好看的在前面?更何况个头高皮肤好不一定就好看。

有的说我这棵就我一个,应该站在显眼的地方;有的说,我们这一棵两个,怎么

说也应该有个代表在前面。这时候,一个低沉而自信的声音:"我们一棵三个,算得上独一无二吧?""对,应该站在前排正中间。"果然有两个附和的。

吵吵嚷嚷间歇,一个尖细的嗓音让所有辣椒侧目:"凭什么歧视我们外貌独特的?不周正不一定就不好,没准还是一种特色。"

一直没有作声的黄瓜说话了:"我是唯一的一根黄瓜,不能在下面,也不能在两边,当然啦,在中间也不好,把你们全部都比下去了,我只能在你们上面,像一顶棚账,罩着你们!"

主宰者终于烦了:"都闭嘴!这个合影不照了。一根黄瓜,三个辣椒,做个代表,就这样,散了吧!"大家都不作声了,落选的二十七个辣椒默默地往回走,大家都有些失落。

不一会儿,忽然又热闹起来了,你一言我一语地,为它们到底是和肉丝配,还是和千张配,是切丝还是切块,又各不相让地吵了起来。

这边,被挑选出来的三个辣椒和黄瓜一起,在摄影师的安排下,拍了一张艺术照。黄瓜作舟,辣椒依照各自的形体,被扮作三个形态各异的散淡之人,一杯清茶,一壶浊酒,或在吟诗,或在清谈,一派自在潇洒。

不承想,一会儿他们也起了争执:是退居一旁,落个清闲,时而泛舟江上,悠然自在;还是返回尘世,该争就争该得就得,不能便宜了那些蝇营狗苟之人;或者干脆做个了断,小舟从此逝,江海寄余生。三个都认为自己的选择对,谁也说服不了谁,难免又高门大嗓起来。

主人彻底恼火:"都给我闭嘴!整天这也争那也争,烦不烦啊?"

所有的辣椒,还有黄瓜,一下子愣住了,半晌,他们忽地齐声大喊:"不烦!生命在于折腾!"主人的脸一下子拉得比黄瓜还要长,比辣椒还要绿……

2019.6

总体感觉是和谐的

辣椒黄瓜又聚会了,辣椒还是三十个,黄瓜多了不少,有七个。

聚在一起,难免比试一番,先比身长,几个回合,只剩下三个,按照绝对高度,决出名次,然后拍了照片。左边第二名辣椒心里颇不服气:我要是伸直了不比第一名短。右边第三名更是有气:我要是挺起腰杆,不仅第二名,连第一名也没有我长。主人正好经过,说:那你们就伸直了挺直了我看看!瞬间没有声音。

又比健美,决出一二三名,结果出来,又有争议。第二名最不服气,感觉自己无非是造型没那么夸张,肤色没那么深;第三名则认为自己是典型的倒三角,最起码应该是第二名。主人对健身不甚了了,但他对于此类事情还是有些了解,于是放缓声调说:很多事情没有绝对的公平,各方面的各种因素都会影响到最终结果,因此要有平常心,不能太计较。

还有一些异形辣椒引发关注,在它们更像什么这件事上,议论纷纷、争吵不休。主人明白,遇到这种情况,要么放任自流,吵累了自然就结束了。或者拿出一个所谓权威意见,各种声音也会平息。但主人也明白,不同角度、不同侧面,都会有不同的结果,这样的事情还是少管为好。于是吵吵声还在继续。

这回终于照了一张合影。三十个辣椒,随机站定,稍作调整,便好了。没有那么多计较,就没有那么多是非和矛盾,简单一点,大家都不累。不过只要有人不这

么想，事情就会变得复杂起来。

黄瓜也拍了合影，照片出来后，大家都笑：咋看都像个图腾，有股神秘气息。

原料多了，反而不知道该摆些什么字，往往就是这样，条件好了，事情反而难办了。人多作乱，龙多作旱，古人说得真对。阴雨天，摆了一个"伞"字。

最近事多，多为小事。于是用辣椒和黄瓜各摆了一个"小"字。看上去，似乎辣椒更有些味道，拍出来，一般大小。实际上两个还是差不少的，只是又会有多少人去较真呢？因此世间的事，的确不能时时事事计较，不然，会惹出不少闲气来的。

2019.6

夜半散讲

睡觉的点,不太适合散讲,12点结束,写到哪算哪。

又一次三十个辣椒,但不是每一次都有时间和闲情,于是堆在一起拍了一张。混乱的状态下,谁都不会有一个好处境,怨不得谁,生不逢时。

这回不多,但心不静,找不到灵感,摆了两个图案,都像是船,其实就是两种合影,没什么意思。可见闲情多么重要,没有时间和心情,谈不上闲情,没有闲情,就没有感觉,就不好玩。

图五的黄瓜长得真好,一尺多长,匀称有型,是至今为止的最佳,图四是它前几天的照片,雏形初具。地块肥力足,位置又适中,别的瓜瓜没法比。的确,特定情况下,自己只管尽力去做就可以了,有些东西可以比,有些东西不要比,否则都是负能量。

几棵丝瓜这几天长得正欢,出于某种考虑,将它们往高处引,开始的时候大伙儿争着往上爬,有了绳子牵引更是来劲。但渐渐地,有的开始左顾右盼,停滞不前了,任你怎么牵引也不就范。如此一来,差距很快拉开,那边眼看就要登顶,这厢还在徘徊。不过倒是不妨碍结果,形状不好看,味道还可以。看来这丝瓜也是有个性的,不全是指条道就跑到底,由着性子自由自在,这在我看来是错了,在它那儿没准乐在其中呢。

盆栽的辣椒和地里的辣椒,一个风吹不到雨淋不到太阳自然也晒不到,好不容易结了一个,主人宝贝似的呵护着;一个风吹雨淋日晒,时常还会因为缺水干得发蔫,但是天天开花,时常结果。哪一种是最理想的状态呢?估计各有各的说法,辣椒的心思我们也无从知晓。不过有一点是肯定的:辣椒从来就不是用来观赏的,所以露天野地才是它们最好的去处。如果因为某些品种色彩的缘故,而被当作花卉来养,那也只能算是个例。

　　终于写完了,不过又是一天了,时隔二十多小时。

2019.6

辣椒黄瓜失落了

这几天总是盯着电脑屏幕和文稿，眼睛有些受不住了，于是又去关心一下辣椒黄瓜。不想几日不见，辣椒变得愤愤不平，黄瓜则一副郁郁寡欢的样子。

我有些好奇，便问辣椒为什么。辣椒说："还问我为什么？不要装糊涂充好人了，你还不知道为什么？"

气蛮大的，没待我再发问，它又说开了："这几天山芋秧子长疯了，你家几个人又那么喜欢吃，马上摘回去指不定怎么开心呢！"

"也不至于那么夸张吧?"我说。

"夸张?什么蔬菜之王,什么有提高免疫力、止血、降糖、解毒、防治夜盲症、促进新陈代谢、通便利尿、升血小板、预防动脉硬化等保健功能,还可以使肌肤变光滑,什么经常食用有预防便秘、保护视力的作用,还能保持皮肤细腻、延缓衰老。拍几个蒜头清炒,比空心菜好吃多了。难道不是你说的吗?"

"那不都是从网上查的吗,不过清炒的确很好吃。"我有些讪讪地说。

"是啊,很好吃!"辣椒有些酸酸地说。

"果然是小辣椒,我又没有说有了山芋叶就不再喜欢其他蔬菜了,你说我是不是逮到机会就说你辣椒的好,说你如何如何清脆鲜美。好了,不和你说了。那黄瓜又怎么了?不会也是嫉妒山芋叶吧?"

辣椒冷笑:"它已经不开心好几天了。你看那丝瓜这几天可劲地长,时不时一个丝瓜就长大了。还有那苦瓜,那么一点点长的秧子,居然结了个那么大的瓜,黄瓜它能不担心吗?"

"它担心什么?丝瓜才开始结,还不成气候。苦瓜倒是会接二连三,可各有各的味道,不冲突啊?"忽然,我反应过来了,"哦,原来你们习惯了我张嘴辣椒黄瓜,闭嘴黄瓜辣椒,这园子里瓜瓜菜菜的又不是只有你们两种,得势一时罢了,还想着得势一世,太可笑了吧?"

辣椒琢磨了半天,似乎想通了,和憨憨的丝瓜、木木的苦瓜玩起了摆拍。

黄瓜好像还不行,几个躲在一边比赛似的七扭八拐,看上去挺搞笑的。拎起喷壶,把它们好好地浇了一遍,我知道,喝饱了水,它们的心情便会舒畅多了,身姿自然也就舒展起来。

并不是一味地宠着它,只是觉得,从脸上能看出来的怨气,远比那些闷在心里的失衡,要简单可爱得多。

2019.7

老辣椒说——年少轻狂

热热闹闹、争争吵吵的日子毕竟很少,主人不知道忙些什么,很少露面,大多数时间里,园子是寂寞的。久了都不免无聊,一个满身皱褶的老辣椒忍不住了,说咱们说说话吧,这样下去会闷出毛病的。这样吧,我们轮流说,不限主题内容,大家可同意?

大伙儿也正闷得慌,说,好啊好啊,那你先说一个吧!

老辣椒有些无奈地笑了笑说,好吧,谁让我挑这个头呢!

清了清嗓子,老辣椒说,我今天给大家说一说年少轻狂。

年少轻狂,可以说是一种天性,无忧无虑,自然而然。

年少轻狂,某种意义上,是一种幸福,没有长大,不着急长大。

年少轻狂,意味着没有想到那么多,怎么舒服就怎么去做。

年少轻狂,是未来一个独特的记忆,脸红心跳的同时,一份暗暗的骄傲。

年少轻狂,的确不是错,如果一直如此,那就有些问题了。

年少轻狂,既然是一定年龄段的专享,也一定是其他年龄段的不宜。

年少轻狂之后,会有一个过渡期,从躁动到平静下来,就是一个成熟的过程。

年少轻狂之后,会有一些思考,周围的理解和宽容,会让他渐渐明白一些道理。

年少轻狂之后,会悟出一些东西,原来自己一直处于被呵护的状态中。

年少轻狂之后，会慢慢变得沉稳成熟，会在某一个时刻，微笑地面对后来者的——年少轻狂。

　　老辣椒说完了，大家有些尴尬地笑了笑，因为大家都有些不明白，老辣椒今天怎么会说这些？不像它平时的做派啊？

　　于是，交头接耳窃窃私语几句后，各自散去。

2019.7

大家都活过来了

　　两场雨后,院子里的瓜瓜菜菜又活过来了,耷拉的头又扬了起来,尽管元气尚未恢复,但嘴巴却闲不住了。

　　山芋秧最精神:"听说东边又下雨了,那个大的,噼里啪啦,我们这呢?只那么意思一下地阴那么一会儿,就完了。你们说可搞笑?"

　　圣女果最活泼:"你们没听说我们大合肥的雨是分片分区下的吗?看谁顺眼了,就给你洒点,入不了老天爷法眼的,你就一边待着去吧!"

　　辣椒说:"可不是吗?据说因为这,前几天滨湖区、包河区、高新区都很有意见,已经怀疑他们还是不是属于合肥了。"

　　圣女果说:"最搞笑的是某位小编居然一本正经地说,这几个区都是大合肥不可分割的一部分。"

　　山芋秧说:"有人居然说他已经准备作法了,而且木鱼剑已请到。还煞有其事地唱起了祈雨歌:雨来雨来祈祈,祈下雨祈下雨了,祈下雨来觥觥觥……"

　　辣椒抢着说:"小区里的人也好搞笑,苦着脸说,唉!我们这里难道安装有什么避雨针吗?我天天都盼下雨,今天不知道能不能雨露均沾一点!"

　　黄瓜藤子抚摸着满身枯叶的身子说:"再热下去,我这条老命就完了。"

　　丝瓜藤子说:"没关系的,秋天一到,大家又都会滋润起来的。"

黄瓜藤子说:"谁都会像你,还有第二春。对于我们黄瓜来说,过去了就永远过去了,某些主宰者的不公,主人的不用心,对于你们来说,耽误的或许是一段时间,但对于我们来说,那可就是一辈子。"

大家都不作声了,气氛有些压抑。藏在一个角落里的苦瓜没憋住,噗的一声笑开了。它裂着合不拢的大嘴说:"不至于吧?这么沉重。时也运也,怎么着都是一辈子,何况我们还有明年呢,到时候我们都会以某种形式复活!"

"是啊是啊,没必要垂头丧气苦着个脸。"辣椒、圣女果和山芋秧子叽叽喳喳地说。

躲在叶子底下的无花果稍稍地探出头来,细声细气地说:"秋天就要来了?"

应声虫似的,被主人摘下来的辣椒唰的一声排出了"秋天"两个字。

显然,它们是预谋好了的。

2019. 8

不讨人喜欢的可爱家伙

　　苦瓜真是个太不聪明的家伙！给点阳光浇点水，就像打了兴奋剂一样可劲地长，尤其是入秋以后，几乎是开一朵花（自然是雌花）就结一个果，没完没了。也不讲究个条件待遇，土质怎样，是不是时常加个餐补点肥料，它都不往心里去，整天乐呵呵的，真是好搞笑。

　　苦瓜真是个不自量力的家伙！细细的藤蔓，单薄的叶片，偏要竭尽全力地让一个个果实像吹气球一般的疯长。一个瘦不拉几的幼果，三两天不见，长成老大的一个。那么细溜溜的一个茎上居然会吊一个那么大的果子，看上去让人有些不可思议。虽然说力气这玩意不用也留不住，再辛苦睡一觉又会有了，但又何苦把自己搞那么累？你再长再大能比丝瓜长比冬瓜大吗？你平常长个差不多就可以了，关键时候来几个大的，让人眼前一亮，既省力气又讨巧，何乐而不为？

苦瓜真是个太不开窍的家伙！仗着自己有实力，能够清热解暑、养血滋肝，最为关键的它居然还能降糖和减肥，整日里自信满满。但是你不宣传又有多少人会知道？如今这世道，半斤八两的到处嚷嚷，好像自己有多大能耐似的，它倒好，不声不响，埋头闷长，自诩两耳不闻外面事，做好自己就是成功。更可笑的是它居然不修边幅，丝毫不注意自己的外形，弄得自己坑坑洼洼的，其实倒不一定就要油头粉面、皮肤白嫩，你有特色有说头也行啊，整天信奉身强体壮、肤色健康、个性阳刚，也难怪不招人喜欢，各种平台上基本上露不了脸，所谓实力，有时候还真的不管用。

苦瓜居然还是个调皮的家伙！经常会和人们捉迷藏。要说苦瓜藏猫猫的本领那才叫一绝，几片叶子，犄角旮旯，不仔细寻找还真发现不了，弯腰弓背，左看右看，上看下看，依然会有漏网之瓜。几天之后，它一准会伸出头来，咧着血红大嘴对着你呵呵傻笑。无奈之下，只有上手，一翻二掏三掂量，"翻"自然是翻开那些重重叠叠的叶子，"掏"是往叶子深处探测，至于"掂量"，则要多说几句，当"翻""掏"过后，依然会有没找到的，这时候就得"掂量"那些密密麻麻的藤子了，只有叶子的藤子，轻飘飘的，没有分量，如果感觉手中一沉，那就有"故事"了，至少有一个苦瓜藏在里面。那些躲在里面偷着长的通常都是肥肥大大的，憨呆呆的，可爱得很，让人一阵窃喜。

唉，这苦瓜可真是个不讨人喜欢的可爱家伙！

2019.8

除了苦瓜，还是辣椒

感觉自己总是在做的一件事，就是尽量把苦的菜做成微苦，把辣的菜做成稍辣。

苦的自然是苦瓜，如果不做处理，绝对是吃不下去。以前，那位喜欢冰镇凉拌，再加点糖，清爽可口，成为餐桌上一道佳肴。现在不爱吃糖了，我这新大厨改做苦瓜炒鸡蛋，先上网查询，然后实地操作，逐渐掌握技巧，让苦瓜重又成为一个受欢迎的菜。

辣的肯定是辣椒，因为产量大，吃得次数就多。最受欢迎的是千张炒辣椒，辣椒是现摘的，得天独厚，千张选用厚薄均匀有筋骨的，切细丝，然后用水焯一下，炒

的过程没有什么特别的,无非是各种火候和分寸。辣椒也可以炒鸡蛋,最近又喜欢用肉丝炒辣椒,也极为可口。

可见,只要用心,了解需求,这菜就不难做。

在高楼房间里用两个花盆种了两棵辣椒,一盆在南边窗口放着,一盆放在北窗外一可靠安全的地方。房间不是正南正北,下午北边也能照到一会儿太阳。

两个盆一大一小,土质一般,但都事先施了饼肥。开始的时候,两棵都长得不行,没有精神,只开花,不见结果,即便是结了果,不久也会落了,让人不免有些灰心。

渐渐地,都好了一些,南边那棵更是来了劲头,枝干粗壮了一些,也开始结果了。其实那时候地里的辣椒不知道摘了多少了,但它这个果子却让家里几个人感觉格外金贵。这之后隔三岔五会结几个,最近出奇,大大小小同时挂了七个果,那位发现后,颇惊喜,我也感觉稀罕得不得了,拿着手机左拍右拍。

仔细观察一番,发现盆里栽的和地里的辣椒还是很有些区别的,首先它颜色深且闷,没有什么光泽,其次它极容易出现黑斑。照说它们所受的待遇远比地里的要好,最起码在浇水这件事上不会饥一顿饱一顿,时常还会被松松土,几乎每天都享受空调,免遭高温之苦。唯一欠缺的是没有风吹雨打、没有烈日暴晒,难不成这就是问题根源所在?

我有些糊涂了,到底是应该对不住园子里那些饱受大自然肆虐和主人忽视的,看上去筋骨瘦、叶子非黄即卷的辣椒,还是对不住眼前这体态富在、状若名花的辣椒?

其实,如果苦的菜不苦、辣的菜不辣,那么它们就不是它们了,减轻一些味道还是一种接受;但如果把原本应该在室外野长的植物放在屋里百般呵护,那就是一种变相强迫,其本质无疑是一种伤害。不过这样一来,就意味着我从一开始就错了,而类似这样的事情,或许还有。

从今往后,习惯性心血来潮、一厢情愿、越俎代庖者,可得注意了。

2019.8

冬瓜、丝瓜和苦瓜

不知道从哪天开始,地里突然冒出几棵粗壮的毛茸茸的家伙,只消一眼,我就知道那是冬瓜秧子,同时很不屑地在心里哼了一声。因为我知道别看它现在长得生机勃勃,有模有样,最后不过是空喜欢一场,去年就是这样。因此毫不怜惜地拔去它们,只留下背阴处一两棵,看它会长成什么样。

但是一段时间后,我发现还真不能用老眼光看它们,它们那勃勃生机和生长态势真不能小觑,而且,它居然开了一些花,而且(再一个而且),它居然开始结果了。于是它如同过去大家庭里的丫鬟肚子里有了主人的孩子一般,立马被另眼相看,待遇自然也有了提高。它们生根的地方虽然见不到阳光,但作为沤肥场地自然肥力十足,所谓"待遇",无非是允许它在一些区域张牙舞爪地生长,浇水的时候泼一勺给它。

不久,它那毛茸茸的果实变色萎缩了,我不由得在心里又哼了一声。仿佛不甘心一般,它攀在金银花上面的秧子又结了一个毛茸茸的家伙,我又跟着后面欣喜了一阵子。然后,又是变色萎缩了。这回我不再仅仅是哼一声了,拿起剪刀,把到处伸头探脑的冬瓜秧子通通剪了,尤其是那些越墙而出攀上桂花树的秧头,从墙头那里一刀剪断,心想别啥都没有还把桂花树给缠坏了。几天后再看。居然还是漏剪了,气头过了,也就懒得再管它了。开花,结果,变色,萎缩了,这样的事情游戏般地又进行了几次,我见了已经没了感觉,自然也就不会再"哼"它一声。

又过了些日子,爬出墙的那秧子又开始开花结果,那果子渐渐长大了,显然已经越过了变色萎缩那道坎,但我依然对它们不抱希望,园子外面,闲杂人多,估计即便能长大也不一定是我的,随它去吧。不过当时还是记住一溜有三个,前一阵子出去几天,回来再看,只有一个了,而且居然已经长得像那么回事了,只是浑身还是毛茸茸的,显然还没到摘下来的时候。前天,有邻居说感觉不小了,担心会被人摘了去,我说想让它再长几天,也做好了被人拿走的心理准备。

今天再去,居然还在,而且真是不小了,赶紧剪下,那心情,仿佛是偷了人家一个冬瓜。

丝瓜一直长得热热闹闹,也结过一些,但是天热了以后,它基本上也就长长叶子开开花,就没有然后了。天凉了下来后,它开始发力了,今天这里结一个,明天那里结一个,仔细点没准还会在哪里发现一个,胖歪歪地仿佛一个偷懒的憨仔。今天原本冲着上回预留的那个去的,没承想又在最高处找到一个,好瓜因此成双。

丝瓜的好处,不仅在于它的种种药用营养价值,还在于它易于烹制,清炒做汤均可,如果遇着高手,能烹制出非同寻常的味道,让你感觉自己平时都糟蹋了它。

实际上,任何菜基本上都是如此,它们的精妙之处往往都被忽视埋没了,鲜有几个能够出头露脸体现其真正风味。这也是没办法的事,很多时候,大家就是为平凡而生的,先天还行后天太糟,一辈子就被平平淡淡地打发了。

说到苦瓜,不免又要发些感慨。入秋以后,它呈现爆长态势,三两天就会收获七八个,根本吃不过来,于是到处送人。

前些日子特地为它写了一篇《不讨人喜欢的可爱家伙》,自我感觉不错,准备过几天再发朋友圈。不料它忽然就开始生虫了,类似毛豆里那种肉乎乎的虫,很快几乎所有的苦瓜上都有了,被虫侵入的苦瓜会提前成熟变色,慢慢地,几乎所有果实无一幸免,全部变色溃烂,架子上一派萧条,心情因此变得灰暗起来。

这几天又开始有小果实出现,它们是否可以免遭厄运健康成长,我这心里还真没有底。但愿那些虫子和那些苦瓜一起灭绝了,留下的又是一片清朗的天地,当然,也只能是愿望。

许个小愿吧,如果苦瓜能够重新旺盛生长,我就再为它写一篇文字,连同前面那篇,都发在朋友圈里,因为所有的劫后余生都是值得庆幸和珍视的。

2019.9

十五的月亮十六圆

一夜没能够安睡,早晨靠在沙发上打盹,就听见一个粗大的嗓门低声说:"你们知道吗?那人正在懊悔不迭呢!"不用看我就知道是冬瓜花,她那张嘴整天叽叽叽的,有说不完的话,什么事都会笑得腮帮直颤,还是左嗓子,要说多吵就有多吵。这几天或许因为天气变化,花朵没那么肥厚了,但嗓音却一点也不见减小。

文静的紫竹兰花轻声细语地问:"怪不得见他回来时气色不好,为什么呀?"看来这些花花草草私下里说我都是用"那人"或者"他",完全没有当面时的那份恭敬。

"为什么?还不是自己许的愿,一而再、再而三地违反,每次都劳民伤财,后悔不迭。"

"哦,出尔反尔是不好。"紫竹兰花说。

一阵的笑声过后,一个清脆的声音说:"我跟你们说一个主人的故事吧。"园子里的花花草草们都很感兴趣,我也挺感兴趣:平时忙忙碌碌的丝瓜花什么时候也学会八卦了?

"我们的主人可有意思了,有天在我旁边走过来走过去,自言自语地说自己怎么这么傻,遇事空口白牙地去找领导,人家怎么就会想到逢年过节,有事没事地去和上级套个近乎,拉拉关系。"

"是吗?他还说什么了?"看来大家都很好奇。

"他还说,不过现在这些人和事都给抖搂出来,也怪难看的,可是我这些年怎么就想不到这些呢。"丝瓜花吞了一口口水继续说,"都这时候了,还在后悔反思,你们说可笑不可笑?"

"要我看,他就不是那样的人,要不怎么说性格决定命运呢。"一向低调腼腆的辣椒花柔柔地说。

苦瓜花这两天开得很精神,她显然也来了兴趣,打开话匣:"我也给你们说一个他的故事。"大伙儿一听都把视线转向了她,让她忽然感觉很好。她的语速有些快:"那天他恍然大悟地说,原来所谓评奖和一些竞聘相似,没有关系或者没有给你打招呼,你基本上就是个陪衬。而我还一本正经地准备这准备那的,你说搞笑不搞笑? 更搞笑的是,他想想又说,别人不找你,你去找人家啊,窝在家里等着天上掉馅饼,真是太搞笑了! 最后他叹了口气说,唉,其实也怨不得别人,自己实力不行,自然很难出类拔萃。你如果作品足够好,别人非但拦不住你,没准还会拉着你给他撑面子呢。"趁着苦瓜花喘口气的空隙,大家问:"后来呢?""后来,他心平气和,没事人一样。据说这叫作放下。""噢,放下。"大伙儿感觉又学到一个词。

薄荷花小得不能再小,说起话来也像蚊子哼:"有一天,他没留神,人不在家,客厅的空调整整开了一周!"

圣女果花开得简单,但说起话来确有些复杂:"那人最近稿债有点多,别的事能不管就不管了。""这么说,你们也可以解放不少,自由轻松多了。"一种无名小紫花在旁边插话道,大伙儿一想,还真是这样,气氛瞬间变得轻松愉快。

一种黄色的野花也凑了过来说:"你知道你们主人最近最大的烦恼是什么吗?吃不忌口,运动量减少,身体走形啦。"

半天没有抢到说话机会的冬瓜花说:"你们可知道他最近摊上一件好事?"

紫竹兰花和辣椒花则在一旁咬着耳朵窃窃私语,不时嬉笑着,隐隐约约听见似乎在说我昨天上午到了哪里,晚上又去了哪里。不由得恼火起来,什么都知道什么都要管,这些由于缺少照顾,面容有些憔悴的花,居然背地里整天正事不做,专门说主人的家长里短。所思所想,真是太不像话了。

一气之下起身我推开门,园子里一下子安静了下来,说得正起劲的冬瓜花有些尴尬地笑着说:"主人不要生气,我们说着玩的。""说着玩的?"我听了更是恼火,"你你,还有你,整天萎靡不振的,吵起话来一身是劲。"冬瓜花似乎缓过来劲了,嬉皮笑脸地说:"呵呵,这不是过节吗?""过节?今天都十六了,中秋节已经过去了可好?"我没好气地说。冬瓜花继续嬉皮笑脸地说:"你们不是常说十五的月亮十六圆吗?今天还在过节啊,哈哈哈……"

园子里的花们也都缓过劲来了:"对啊!今天还在过节!哈哈哈哈哈……"

看着它们笑得花枝乱颤的样子,我有些哭笑不得:"好吧好吧,你们过节,你们过节,你们继续八卦吧!"

2019.9

山芋说：势利的主人

秋季的最后一天，主人兴致勃勃地到地里挖山芋了，他先从最东边挖起，因为他早就看到那里有一处土都被山芋顶了起来。"没准是一窝大山芋呢。"他自言自语。当他蹲下来，拨开山芋藤子时，禁不住又说了起来："嚯，都拱出地面了。"只见他手拿小铲子，慢慢把山芋边上的土挖开，扒到旁边，那阵势，跟考古学家出土文物似的。

"哈！好大一个，像个小南瓜，旁边还有两个，差不多就是一窝了。"招呼来女主人，两个人左拍右拍，然后再挖第二棵，这一次也没有让他们失望，尽管基本上只能算有一个，但也挺大。

主人开始挖第三棵时，前面两棵上的山芋聚在一起说上了话。

"别看主人拿着我们左看右看，喜欢不得了似的，其实他是最势利的。""小南瓜"有点愤愤不平地说。

"此话怎讲？""独种宝贝"有些不明白。

"这还不明白？你看他自从春天把我们种在这里后，他关心过我们几次？松土浇水的时候，我们基本上都是顺带意思一下。""小南瓜"噘着嘴。

"开始的时候水浇得还是蛮勤的，中间好一段时间是差了点，不过最近好像又好多了，不但根部浇水，还用喷壶叶面洒水，可舒服了。""独种宝贝"认为自己是实话实说。

"小南瓜"一脸的不屑,"知道为什么吗？开始时他是急于让我们长快些,他好尽快吃上我们嫩嫩的秧头和叶子。你知道他是那么喜欢这一口,认为是菜品中难得的佳肴。"咽了一口口水,它继续说道,"后来叶子上长了虫斑,他又没有时间经常过来,难得来一趟眼睛就盯着他那些心肝宝贝黄瓜辣椒苦瓜丝瓜,对了。还有后面那几棵叶子完好无斑的山芋。别说打理打理,翻翻藤子,就连水都懒得浇一瓢。"

"独种宝贝"插话道:"是的,那么热那么干的天气,滋味可不好受。还有地里还有那么多碎石子水泥块玻璃碴也不清理,弄得我只好自己找地方长。虽然说我们皮实,不讲究生长环境,耐旱,但是谁不愿过好一点的生活？哦,对了,为什么主人最近又对我们好起来了？"

"那不是明摆着的事吗？马上冬天了,那些宝贝都不在了,他又想起我们了,勤观察,多关心,还不是想让我们长得多一点大一点吗？哼,我算是想明白了,不声不响地藏着掖着长,表面上一点看不见,你认为是低调,实际上是傻,那些还没长成个模样就满世界咋咋呼呼的主,最能招主人喜欢,自然吃香喝辣的过得滋润。"

正说着,忽然听到主人对着女主人喜滋滋地说:"看,三兄弟差不多一般大,今年的山芋太让人喜欢了。"两个人比赛似的赶紧掏出手机,又是一阵左拍右拍。

"独种宝贝"凑到"小南瓜"旁边悄声说:"看这个三兄弟怎么说。"

"哦哟,主人真是太势利了,刚才居然抱着我们亲热得不得了,让人家感觉他好喜欢我们似的。"三兄弟刚被放下来,就嚷开了……

2019.11